圖解英文字彙

輕鬆學 & 忘不了！
告別死記硬背

罰　罪
an eye for an eye

刀祢雅彦·著　河南好美·繪
陳識中·譯

前言

用想像來
連結英文單字
的知識！

dis
遠離

+stance
站著

雖然知道「英文能力很重要」，但要背一大堆英文單字還是會讓人叫苦連天。無論查過幾次字典，在單字書上做多少筆記，一個一個反覆背誦，還是怎樣都背不下來，相信有這種感覺的人應該不少。

困難的單字自然不好背，但與此同時，用法多樣的前置詞和基本動詞，以及同時擁有多種看似完全不相關意義的單字，也就是俗稱的「多義詞」，更讓許多人大傷腦筋。

其實很多乍看意思抽象的單字，在追本溯源後，都能用圖片畫出具體的形象。

本書的目的，就是要告訴大家不應該零散地去背誦個別單字的意思，而是要用肉眼可見的圖像，去連結單字與單字、單字與字義、字義與字義。

儘管本書收錄了不少大學程度以上的單字以及高階的字義與用法，但只要使用圖像連結法連接高階的知識和已知的字義或單字，相信你的英文世界一定會豁然開朗。本書不需要從頭依序閱讀，可以看你的心情從任何章節開始閱讀。（前面有小□的單字屬於很少出現的困難單字，不需要一開始就試圖全部記住，先用輕鬆的心情看一遍就可以了。）

▌兩種思考方式

本書有兩個希望大家養成的重要思維。

第一是在看到兩個乍看毫無關聯的單字或字義時,試著找出它們在源頭上的共同概念,以此為中心連結這兩個無關的單字或字義,也就是「**整合式思維**」。

譬如在多義詞・基本詞篇 p.22,便以 about 一詞的根源概念統合了字典上各式各樣的不同字義。而在語源篇中則以共同的字根連結了不同單字,統合成一個 word family。

　　第二種思維則是不要把單字當成一個固定的整體來記憶，而要拆成不同的「組成零件」來思考，也就是「**分析式思維**」。

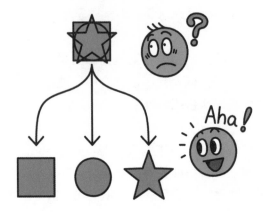

Aha!

　　找出零件（＝字根）後，也別忘了再重新把所有零件組合成一個意思來檢視（屬於**整合式思維**）。

基本詞・多義詞該怎麼去記？

　　明明是在國中就學過的「簡單」單字，卻怎樣都用不好，老是記不住意思，你有沒有過這樣的經驗？

　　其實愈是「基本」的單字，用法和意義就愈是多樣。尤其前置詞和基本動詞更是難搞。

　　譬如大家知道about這個詞嗎？

　　give 呢？

　　rule？

　　我想應該都認識才對。

　　那麼請問下面的英文句子是什麼意思？

1. Life is **about** love.

2. The roof **gave** under the pressure.

3. white **ruled** paper

只要在網路上查一查就會知道，這些都是相當常見的用法，不過能一眼就看懂這三句話是什麼意思的人大概不多。而知道意思，又能說出為什麼是這個意思的人恐怕就更少了。

但只要掌握了眾多字義背後原始的意義和共同的概念，就算遇到乍看反常的意義或用法，也能藉由概念的聯想順利理解。

（請參照以下頁數。about → p.22，give → p.63，rule → p. 92）

為什麼漢字不容易忘記？

　　外國人常常對日本人能記住數以千計的漢字感到不可思議。記漢字的確很不容易，但日本人並非是單純是用死背的方式記住那麼多文字的。日本人之所以很少忘記日語單字，是因為在長期使用日語的過程中無意識地用知識連結的方式，將眾多單字串聯成了一個網路。

　　漢字通常是由「部首」和「邊」等「零件」所組成。而這些零件的數量其實並沒有那麼多。

　　譬如海、河、流、波、濡、溜等字中的「氵（三點水）」就代表水或液體，這點只要是日本人都知道。而相信應該也有人是用「氵（水）＋留＝『累積』」的來記憶「溜」這個漢字的吧。

（註：日文的漢字只是假借中文字用於書寫，故許多字的字形與中文字相同，不過意思則完全不同。如「溜」字的「留」邊在中文是形聲表示發音，但在日本是會意表示字義。）

【三點水】通常加在與水和液體有關的字旁

停止／滯留的意思

　　而用「鳥張口發出聲音」來記憶「鳴」字的人，應該就很少會把「鳥」的部分誤寫成「島」。

　　同時，日文中還有無數由漢字跟漢字組合而創造出的詞彙。但像是「再生（同中文義）」這個詞，只要知道「再」和「生」的意思，就能輕鬆記住這個詞的詞義。不僅如此，像是再出（再次出現）、再會（重逢）、再選（再次當選）、共生（同中文義）、寄生（同中文義）、生存（生還）……等等，不論組合出多少詞彙都能記

住。

　聽説在日本曾發生過有人在社群網路上寫「訃報（訃聞）」這個詞的時候誤寫成「朗報（喜訊）」，我想那個人肯定是沒搞懂「朗」字的意思就去硬背「朗報」這個詞。又或者是腦袋沒有把「朗報」中的「朗」跟「明朗」、「朗々（清澈明亮）」、「晴朗」這些詞連起來。也就是連結性不足造成的。

英文單字也跟漢字一樣 --- 繁衍自同一個字根的 word family

　不少英文單字也跟漢字一樣，是組合出來的。

　在英文中除了原本的日耳曼語外，還存在著許多源自拉丁語和希臘語的語源零件＝「字根」。

　例如只要認識了來自拉丁語的 *re*（再次）、*viv*（活著）這兩個字根字首，就可以輕鬆記住 *revive* ＝ *re* ＋ *viv*，也就是「復活」的意思。不僅如此，還能夠以此類推，記住 *reboot*、*revenge*、*renovation*，以及 *survive*、*vivid*、*vivisection* 等同一家族的親戚。

─回頭、反向、再次

reboot
使啟動

revenge
懲罰

renovation
新的

（**請參照以下頁數。** *re* → p. 243, *viv* → p. 283）

認識字根就不會忘記單字的意思

　　有一次我在上英文單字記憶法的課時，在黑板上畫了一頭巨大的三角龍。

　　我問了其中一個學生「你知道這種恐龍叫什麼嗎？」，他馬上回答「是三角龍」。接著我又問「同意這個答案的舉手」，結果幾乎全班都舉手了。

　　然後我繼續問道。

　　「可是這張三角龍的圖其實犯了個相當嚴重的錯誤，所以並不能算是三角龍喔。有人知道哪裡畫錯了嗎？」

　　誰也沒有舉手。

　　於是我又說「那我給你們一點提示」，並在圖的下面寫出三角龍的英文。

triceratops

　　「知道答案了嗎？」
　　依舊沒有人舉手。

「那我再多給一點提示」，我説完又寫了三個字。

tricycle, triple, triangle

「來，知道的人？」
這次很多人都舉起了手。
那就是他們腦中的知識產生連結的瞬間。

　　我想經過那堂課，他們這輩子應該再也不會忘記 *tri* 這個字根的意思，還有三角龍的犄角數量了。就像只要知道三角龍的漢字的話，就絕對不會搞錯犄角數量一樣。
（註：日文中習慣以片假名書寫動植物名稱，且除原生物種外大多直接以拉丁文學名的音譯，如前文中的三角龍日文為「トリケラトプス（torikeratopusu）」。）

　　三角龍的英文是由 *tri* ＋ *cerat* ＋ *ops* 這三個字根＝零件組成的，且每個零件都有自己的字義（→ p. 273）。而三角龍的字義就是由它們組合而成。

　　把英文單字的拼寫當成咒語一樣死記硬背，跟認識每個零件的意思去理解有很大的差別。只要知道每個零件的意義，就能迅速理解該單字，自然也不容易忘記。

認識字根可以降低拼錯字的機率

我有一個美國朋友曾經自豪地對我說「我對拼寫相當有自信」，於是我就考了考他。「是喔，那麼你知道『千年』該怎麼拼嗎？」。

他寫出的答案是 **millenium**。

我看了之後便告訴他：「這不是拼錯了嘛？應該是兩個n才對啦」，他立刻惱羞成怒地罵道 **"FOOK you!"**。

當然，我自己也有拼錯字的時候，但我有自信絕對不會拼錯 millennium 這個字。因為我知道 millennium 是由 *mill*（千）＋*enni*（年）這兩個字根所組成的。

年

millennium

1,000

只要知道 *enni*（→ p.114）這個字根有兩個n，遇到所有相關單字的時候就絕對不會拼錯。例如 biennial（兩年一次的）這個非常困難的單字，只要知道它是由 *bi*（二）＋*enni*（年）＋*al*（形容詞字尾）所組成的，就能輕易記住。還有像是 annual（一年一次的）的 *ann* 也跟 *enni* 一樣是「年」的意思，所以我也有自信不會搞錯n的數量。

一如上述，正確記憶字根可以預防拼錯所有與該字根相關的單字。用漢字來類比的話，就像是只要記住「疒」這個部首，在書寫「痛」、「疾」、「痴」等字的時候，就絕對不會忘記最上面的點。

遇到沒見過的困難單字也能猜出意思

　　日本人在第一次看到「泪」這個漢字的時候，都是什麼樣的反應呢？我想大多數人應該都能從「氵」和「目」的意思推理出這個字的意義。

　　那麼，請問你看過 congenital 這個字嗎？這是個很少見的困難單字。本書中也沒有收錄這個單字。如果你是第一次看到這個字的人，請在翻字典前先試著推理看看它的意思。你知道 congenital heart disease 是什麼疾病嗎？

　　猜不出答案的人，請查查 *con*（→ p.141）和 *gen*（→ p.179）這兩個字根的意義後再思考一遍。思考後再去查字典確認。

　　接下來，讓我們一起睜大眼睛，出發前往英文單字的想像力世界吧！

1 多義詞・基本詞篇

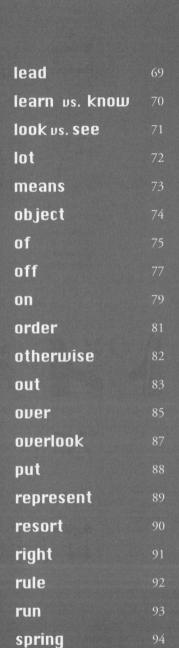

2 語源篇

封面設計　　　：krran 西垂水敦、市川さつき

本文設計　　　：石澤義裕、藤田知子

封面、本文插圖：河南好美

插圖原案　　　：刀祢雅彦

告別
死記硬背
圖解
英文字彙

輕鬆學&
忘不了！

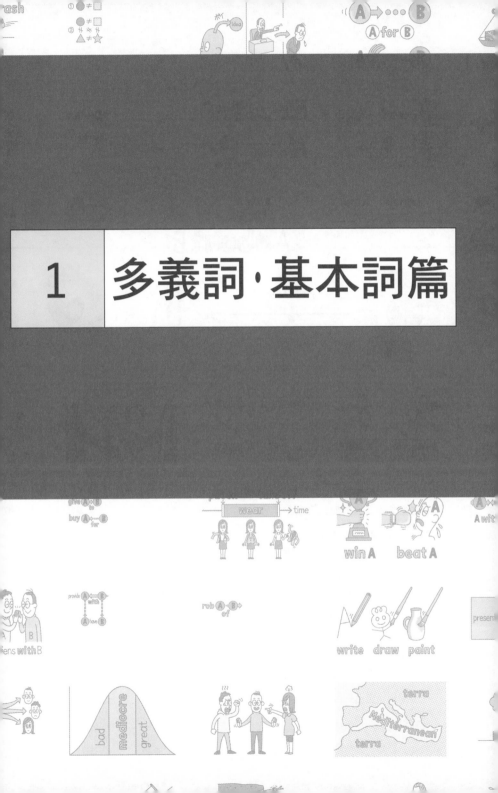

1 多義詞・基本詞篇

about [əbáʊt]

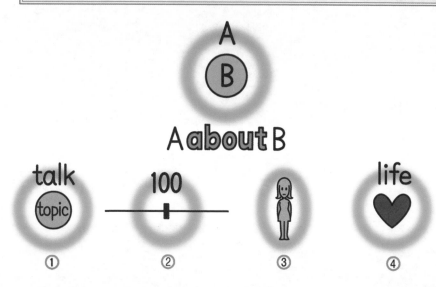

A about B 指的是「A（模糊）延伸到B的周圍」。換言之即是A為「周邊」，B為「中心」的關係。只要專注於這個關係，就可以從乍看繁瑣零碎的about字義中抓到共同的概念。

① talk about the topic「談論與那個話題有關的事」
   ★直譯則是「圍繞那個話題」。

② about one hundred「大約一百」
   ★一百的周邊，也就是「一百前後」的意思。

③ There is something mysterious about her.
   「她身上有種神祕的氣息。」
   ★她的周圍，也就是俗稱「氣場」的概念。

④ Life is about love.「生命中最重要的就是愛。」
   ★④ 的直譯是「人生是在愛的周圍」，也就是「人生的中心是愛」的概念。下面順便比較一下跟around的用法差異吧。 cf. He believes that the world revolves around him.
   「他總以為自己是世界的中心。」

account [əkáʊnt]

可以把這個字理解成對一筆經費的細項說明。account的語源是 *ac*（＝ad 對…）＋ *count*（計算）。A account for B 最初是①「A（人）計算B的細項」的意思，後來發展出②「A對B進行說明、報告」的意思，接著又延伸出以物體為主詞的③「A是B的原因」之意。同時「細項」的部分又衍生出 A account for B④「A對B之占比」的意思。名詞account也從「決算書、明細」演化出「（結帳→）估算、（含有交易明細的）帳戶、說明」等多種意義。網路上的「帳號（account）」一詞就是從「帳戶」發展而來。意思是裡面含有自己的詳細資料。

① account for the costs「提報成本」
② account for the fact「說明事實」
③ His hard work accounts for his success「他的努力是成功的原因。」
④ Labor accounts for half the cost.「人事費占了成本的一半。」

across [əkrɔ́(ː)s]

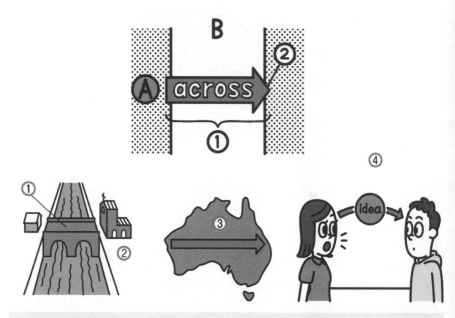

A across B 是 A 穿越 B（場所、距離）到另一邊去的意思。可分為①這種以被橫越的場所（路徑）為主角的情況，以及②這種以橫越後到達的地點（終點）為主角的情形。

① a bridge across the river「跨越河川的橋」
② the church across the river「河對岸的教堂」

另外從一點橫越到另一點的字義，又衍生出了「橫跨全域（國家或地區）」的意思。
③ cities across Australia「全澳洲的城市」

此外也可以表示克服與對方的距離，將想法傳達過去的意象（副詞用法）。
④ try to get the idea across to him「試圖把想法傳達給他」

admit [ədmít]

反感的事實

③

① ②

語源是 *ad*（＝to）＋ *mit*（送）。有接受一個人入場、入學的意思，以及承認不願接受的事實（例如自己的過失等）之意。兩者都具有「接受」的意象。

① I was admitted to Harvard.「我考上了哈佛大學。」
② He was admitted to the hospital.「我進了那間醫院（住院）。」
③ She finally admitted the fact.「她終於承認了那件事實。」
　★跟 allow 和 permit 不一樣，admit 不能用於一般的許可之意。

□**admission**[ədmíʃən] 名 進入〔入學、入場〕許可

1

多義詞・基本詞篇

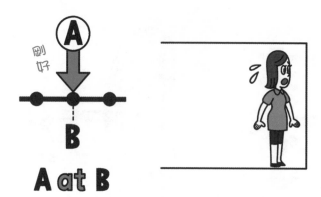

at [ət]

A at B 是「A 剛好停在 B 點／與 B 點重合」的概念。

① This train will **stop at** Shin-Yokohama. 「本列車將停靠於新橫濱站。」

上方右邊的插圖是在死路地點（dead end）停止的意象。而 at a loss 則可理解成把 dead end 換成抽象詞 loss 後的表現方式。

② I was **at a dead end** in my career. 「我的職業生涯陷入停滯。」

③ He was **at aloss** what to do. 「他不知該如何是好。」

aim at A「瞄準 A」，look at A「看著 A」（→ p.71）也是視線停在 A 上的意思。

④ **aim (a gun) at** the target 「（用槍）瞄準目標」

⑤ He is **in** his home.「他在家裡面。」
⑥ He is **at** home.「他在家。」

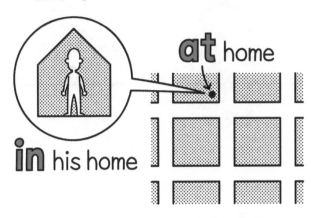

⑤的 in 是把家看成一個容器，強調他現在不在家的外面，而是在裡面。另一方面⑥是把家看成一個點，強調他（不在公司也不在居酒屋）是在家裡。所以說 at 具有無視場所大小或內外，只把該場所當成一個點（零次元化）的作用。

而這個作用拿來表示時間的時候，也是同樣的原理。
⑦ sleep **at** night「在晚上睡覺」
⑧ wake up three times **in** the night「在晚上醒來三次」

⑦的用法無視時間的長短（因為都在睡覺），把整個夜晚當成一個時間點；而⑧的用法則有意識夜晚的長度（因為醒來了），把夜晚當成一段時期（＝範圍）。 in → p.65

bear [bέɚ]

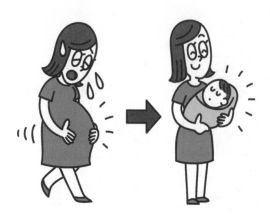

女性忍受腹部的重量懷著胎兒移動，然後生產的形象。

① bear a heavy load「拿重物」

② bear a resemblance「具有類似性（＝相似）」

③ airborne virus「靠空氣傳播的病毒」

　★borne 是 bear 的過去分詞

④ cannot bear the thought of losing him「一想到會失去他就難以忍受」

⑤ bear a child「產下孩子」

⑥ bear fruit「結果實」

beyond [biànd]

B

A

A **beyond** B

A beyond B是「A在B的（界線、境界）之外」的意思。由此衍生出「超出B（能力）」、「B不可能辦到」之意。be beyond A（人）則有「A不可能理解」的意思。

① beyond the horizon「地平線的另一頭」

② The situation is beyond our control.「情況已經超出我們的掌握。」

③ The task is beyond me.「那件任務我處理不來。」

　★其他還有beyond A's reach [power, ability, means]「超出A能觸及的範圍〔力量、能力、經濟力〕」，beyond repair [recognition, understanding]「無法修復（識別、理解）」，beyond description「（好得／壞得）無以言表」，beyond compare「（好得）無可比擬」等等。

board [bɔ́ɚd/bɔ́:d]

由「板子」的意思變成「桌子」的意思，並發展出①「擺在桌上的食物」②「坐在桌前的委員」之意。更延伸出③「（交通工具的地板→）乘坐的狀態」。

① pay for room and board「支付房間和餐點的錢」
② a school board「教育委員會」
③ Everyone on board is alive.「所有乘客都平安無事。」

☐ **aboard** [əbɔ́ɚd|əbɔ́:d] 副 乘上交通工具　★a＝on。
　例 Welcome aboard!「歡迎搭乘」

bound [báʊnd]

由 bind「束縛」的過去分詞「被綁著」的意思發展出 be bound to V
「（被限制要做 V→）一定會做 V、肯定會做 V」之意。

① electrons bound to a nucleus「被原子核束縛的電子」
② We are all bound by the law.「我們所有人都被法律束縛著。」
③ He is bound to fail.「他註定會失敗。」

　★the train bound for London「開往倫敦的列車」的 bound 其實是不同語源的單字，但就
　　連母語使用者似乎也很少意識到其中的差異。

branch [bræntʃ|brάːntʃ]

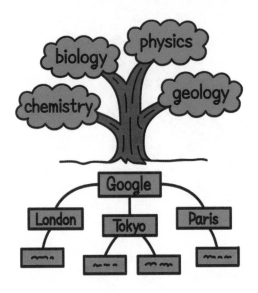

由樹枝分叉的概念延伸出「支流、分野、分店、分校」等意思。「支」的漢字也是「枝」的意思。

① the branches of the apple tree「蘋果樹的樹枝」
② the French branch of Google「Google 的法國分公司」
③ the branches of science「科學的各個分野」

　　★當成動詞使用的話則是「分出、分歧」的意思。常常跟有「擴展」之意的 out 一起使用。

④ The road branches out into two paths there.
　　「那條道路分成了兩條路。」

break [bréɪk]

break的概念有①「切斷〈相連的物體〉」→「中斷〈狀態、關係等〉」，②「破壞（成破碎的狀態）」，③「突然發生〔變化〕〈事件等〉」。

① break the bad habit「戒除壞習慣」
② a) break the glass into pieces「把杯子摔得粉碎」
   b) break the law「違法」
   ◇ break the ice「打破沉默，緩解緊張的氣氛」
   ★把沉默或緊張的氣氛比喻成寒冰的表現。break即是改變此狀態的意思。
③ World War II broke out.「第二次世界大戰爆發。」

名詞則是「中斷」→「休憩」的意思。"Have a break, have a Kit Kat." 的 break 就是此義。

④ **Let's have a short break**.「休息一下吧。」

◇ Give me a break.「饒了我吧。」

★希望對方停止令人不快的言語或胡說八道時的 informal 之表現。這裡的 break 是「休息」的意思。與日文的俚語「馬鹿も**休み休み**言え（別瞎扯淡）」的發想和意義相似。

另外還從障蔽被破壞後就能通過的概念，衍生出「機會」的意思。

⑤ **She finally got a big break**.「她終於迎來了一個大轉機。」

by [báı]

A **by** B

by the rules

A by B的基本意義是「**A**緊鄰著**B**」。由此又衍生出如by the rules「服從、遵從〈規定、標準〉」的意思（rule的原義是「尺」→ p.92）。by the pound「以英鎊為單位」等用法也是由此發展而來。

① Stand by me.「（**圖** 站在旁邊→）支持我。」
② play by the rules「按規定（公平地）來」

by air
by land
(A) (B)
by water

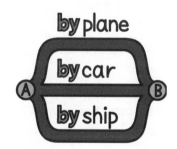

by plane
by car
(A) (B)
by ship

by the way of A是「經由A」的意思，表示交通手段的by也可用這個概念理解。表示從地點A到地點B，可以by air「靠著天空→經由空路」、by land「靠著陸地→經由陸路」、by water[sea]「靠著水〔海〕→經由水路」。這裡的「海、陸、空」可以替換成所使用的交通手段本身，改成by plane、by car、by ship。此外在表示通訊手段時也可用by（交通和通訊都是一種「運輸」的手段），例如by mail、by telephone。表示手段的by後面接的名詞是抽象化的意義，所以一律不加冠詞且為單數形。

capital [kǽpətl]

① ② ③ ④

capital 的 *cap-* 是「頭」的意思。字義有①相當於一國之首的「首都」（漢字的「首」也是「頭」的意思）。②文章或姓名開頭的「大寫字」。③買賣時的頭款「資本」。④砍頭的刑罰，也就是死刑。跟 cap「帽子」和 captain「主將、船長」的語源相同。

① What is the capital of Canada? 「加拿大的首都是哪裡？」
　　★不使用 Where。
② Proper nouns begin with a capital letter. 「專有名詞的字首要用大寫。」
③ the capital to start a business 「開始做生意的資本」
④ capital punishment 「死刑」＝ death penalty

□ **capitalism** [kǽpɪtəlìzm] 名 資本主義
　◇ per capita 「每人（GDP 等）」
　　★中文也有「點人頭」的説法。
□ **the Capitol** [kǽpətl] 名 美國國會議事堂
　　★跟 capital 的語源和發音皆相同。據説是「山丘頂（＝頭）上的神殿」之意。

36

charge [tʃáədʒ/tʃáːdʒ]

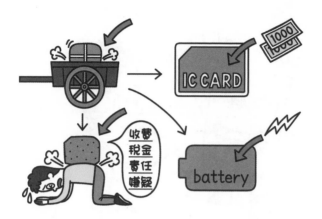

charge 的語源是拉丁文的 carrus「馬車」，跟 car 同義。原義是「把〈貨物〉放在馬車上」。後來才衍生出承載各種物體的意思。例如「收取〈費用〉」、「課〈稅金〉」、「責難〈人〉」、「控告〈人〉」等意思，全部都是把某種重負加到人身上的概念。而「用信用卡支付」也是「讓信用卡去負擔」的意思。另外「替〈電池〉充電」也同樣與「承載〈貨物〉」有關。「替〈儲值卡〉充值」也會用 (re)charge，但在日常對話時用 put money on my card、add money to my card 會更好。

① charge the customer for bags「對顧客收取塑膠袋的費用」
② The profits were charged with income tax.
「對盈餘課徵所得稅。」
③ He was charged with murder.「他被控告謀殺罪。」
④ I charged it to[on] my credit card.「我用信用卡支付。」
⑤ charge the battery「為電池充電」
⑥ negatively charged particle「帶負電的粒子」
當名詞時有「費用、（對信用卡）收費、責任、嫌疑」等意思，全部都是上面介紹之字義的名詞化。

challenge [tʃǽlɪndʒ]

數學問題向人類下達「有本事的話就來解開我看看」之戰帖的意象。
challenge 的語義跟中文語境中「人挑戰某樣事物」的意思相反，是「事物
測試人的能力，給予試煉」的意思。

① a major **challenge** for the government
　　「對政府而言的重大難題（試煉）」
② a **challenging** task「（挑戰人→）困難（值得去克服）的課題」
③ physically **challenged** people
　　「（在肉體上被課予試煉的人們→）身體有障礙的人們」
　★「我挑戰了那個問題」不能用 I challenged the problem. 應該用
　　○ I tried [attempted] to solve the problem。

動詞的 challenge 是「對～提出異議」最常用的說法。除此之外也能用於「對
〈人〉提出挑戰」。
④ She **challenged** the idea.「她對那個想法提出異議。」
⑤ He **challenged** me to a game of chess.「我向他挑戰西洋棋。」

command [kəmǽnd]

指揮官從高處環顧戰場，指揮部隊，按自己的意思控制的意象。當名詞時有「命令」、「隨心所欲操控的能力」之意。

① The summit commands a fine view of the city.

「從山頂可以清楚看見整座城市。」

★當「環顧(景色)」用時，主詞應該用地點而不是人。

② The President commands the armed forces.「總統指揮軍隊。」

③ The king gave a command to everyone in the nation.

「國王對全體國民下令。」

☐ **commander**[kəmǽndə] 名 指揮官

④ She has a good command of French.「她說得一口流利的法語。」

commit [kəmít]

commit 有①「犯、做〈罪、自殺、失敗〉」，②be committed to A、commit oneself to A 的形式表示「對 A 宣誓，對 A 負責、獻身」等意義。兩個意思的共同點是都具有「把自己逼入無處可逃的狀態」的意象。而③「〈把人〉送進某（無法逃走的）場所〔狀態〕」的意思，更清楚反映了這個意象。另外 commit 的 *mit* 是「送」的意思。

mit → p.211

① commit a serious crime「犯下重大的罪刑」

② a) We are committed to providing quality drugs.
「本公司保證會提供高品質的藥物。」

   b) She committed herself to losing weight.
「她發誓要減重。」

③ The judge committed him to prison.「法官將他送進了監牢。」

content 名 [kántent] 形 [kəntént]

由「內容物」的意思發展出「慾望被滿足」→ 形「滿足」的意思。名「滿足」，動「使滿足」，由動詞衍生出的 contented 也是「滿足」的意思。content 是 contain 的衍生詞（contain → p.263）。也有書的內容＝「目錄」的意思。近年還增加了代指由媒體提供的情報，特別是網路中的情報之用法。

① the contents of the bottle「瓶子的內容物」
the contents of the book「書的目錄」
② web content = Internet content
③ I'm content with the status quo.「我對現狀很滿意。」

| 專欄 | 可愛的孩子很狡猾？ |

在迪士尼動畫小飛象（*Dumbo*）中，有一幕是小飛象的阿姨看著小飛象說了 Did you ever see anything so cunning? 這句話。這裡的 cunning 並不是本來的「狡猾」，而是「可愛」的意思。雖然這種用法很少見，但 pretty 在古英語中其實也是「狡猾」，到現代才變成「可愛、漂亮」。事實上 cute 最初也是「狡猾、奸詐（clever）」的意思。難道「狡猾」和「可愛」有什麼關係嗎？抑或只是這三個字偶然發生了一致？不過在日本網路上也能看到「太可愛了好狡猾」的表現……。

court [kɔ́ət|kɔ́:t]

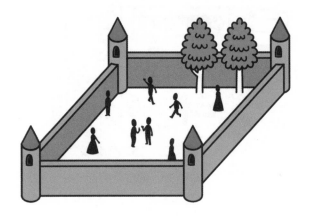

由「中庭」的意思衍伸出網球等運動的「場地」、「宮廷」、建築物內部的廣闊空間、以及「法院（法官）」等意義。順帶一提，「廷」這個字也有「庭」的意思。另外又由宮廷內經常發生的行為衍生出「取悅、討好」、「對～求愛」的意思。

① the court of Queen Victoria「維多利亞女王的宮廷」
② the food court at the shopping mall「購物中心的美食區」
③ Supreme Court「最高法院」court-martial「軍事法庭」
④ court the media「討好媒體」

☐ **courtship** [kɔ́ətʃip] 名 （對女性）求愛
☐ **courteous** [kɔ́ətiəs] 形 （如宮廷般→）禮儀端正、彬彬有禮
☐ **courtesy** [kɔ́ətəsi] 名 （在宮廷的舉止→）① 禮儀端正 ② 好意、優待
☐ **curtsy** [kɔ́:tsi] 名 （高貴者向女性屈膝）鞠躬
　　★courtesy 的變形。

42

crash [kræʃ] vs. crush [krʌʃ] vs. clash [klæʃ]

日本人的發音常常混淆的三個字。crash[kræʃ] 是堅硬的物體因自己的能量「發生猛烈碰撞而毀壞」的意思，又或者表示「破壞堅硬的物體」。而 crush[krʌʃ] 則是從外部施加壓力壓碎的意思，被壓碎的物體則通常是柔軟之物。例如揉爛紙張時就會使用這個詞。至於 clash[klæʃ] 則是源自金屬等堅硬的物體互相碰撞，例如劍與劍互擊時的「鏗鏘」聲之狀聲詞。由此衍生出兩個集團、意見發生「衝突、對立」的意思。

★clang、clink、clank 也都是表示金屬撞擊的聲音。

① The two planes crashed into the Pentagon.
「那兩架飛機撞進了五角大廈。」

② I crashed my car into the tree.「我開車撞到了樹木。」

③ skin and crush tomatoes「我把番茄剝皮後壓碎」

④ crush the rebellion「鎮壓叛亂」

　　★有很多這種比喻的用法。

　　◇ **have a crush on** A「對A（人）抱有戀心」

⑤ clashes between police and demonstrators「警察與抗議者發生衝突」

culture [kʌ́ltʃɚ]

由「耕種、栽培」的意思衍生出「耕耘精神面」→「文化、教養」的意義。
「栽培」的意思擴大到動物上又衍生出了「養殖（動詞）」的意義。

① aqua culture「水耕法」
② a person of culture「有教養的人、有文化的人」=a cultured person
③ cultured pearls「養殖珍珠」

☐ **agriculture**[ǽgrɪkʌ̀ltʃɚ] 名 農業（*agri* = 田）
☐ **cultivation** [kʌ́ltəvéɪʃən] 名 ①耕作 ②培養(精神、知性等等)
☐ **horticulture** [hɔ́ətəkʌ̀ltʃɚ] 名 園藝（*horti* =庭園）
☐ **cult** [kʌ́lt] 名 邪教、崇拜（=被宗教教育）

專欄	毛毛蟲與貓

戰車的「履帶」叫 Caterpillar（原本是商品的名稱），其原始意義是「毛毛蟲」。之所以
會衍生出履帶的意思，似乎是因為履帶移動時有點像毛毛蟲。而 **caterpillar** 的語源 *cater*
（=cat）+ *pillar*（毛）其實是「**毛茸茸的貓**」。

deliver [dɪlívə]

語源是 *de*（遠離）＋ *liver*（＝ liber 自由）。基本的意義是「放手、放開（手中的東西）」。由此衍生出「進行（演說）、配送、傳遞、分娩（嬰兒）、生產、交出」等各種意義。　　　*give* → p.63

① deliver a speech「進行演講」＝ give[make] a speech
② deliver mail to your home「把信送到你家」
③ deliver a message to him「把訊息傳給他」＝ give a message...
④ deliver the thief to the police「把小偷交給警察」
⑤ deliver a baby「生下嬰兒〔使分娩〕」
　　★因為意思較模糊，所以請從文脈來判斷是哪種意思。

☐ **delivery**[dɪlívəri] 名 ①配送 ②生產 ③說話方式
　◇ **home delivery service**「宅配」

different [dífənt]

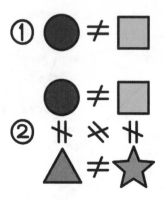

①是某事物跟另一個事物「不一樣」的常見意義。②描述三個以上的事物時，因為可以互相比較的對象比較多，所以衍生成為「各式各樣」的意思。（≠是「不相同」的記號）

① I'm not trying to be different. To me, I'm just being myself.（J.Brown）
「我並不想要與眾不同。我只是想做自己而已。」

② flowers of different colors「各種顏色的花」

③ Different people have different ideas.「每個人都各有想法。」
★different A + different B用來表示「A不一樣B也不一樣〔各式各樣〕」。

discipline [dísəplən]

語源是 disciple[dɪsáɪpl]「弟子」。也就是師長對弟子①施加「規律、紀律」②給予「訓練、教育」、「試煉」、或「教訓」。
此外又由「訓練（法）、教育」衍生出③「學問的領域」的意義。

① maintain school discipline「維持學校的紀律」
② discipline for the memory「記憶訓練（法）」
③ various disciplines of science「科學的各個領域」
  ◇ **inter-disciplinary**「跨學科的、跨領域的」
  ◇ **self-discipline**「自制心、自我訓練」

dismiss [dɪsmís]

雖然很多人都知道這個字有「解雇、解散（人）」的意思，但其實「（因沒有價值而）退回（某想法等）、無視」的意思更常出現。但無論何者都具有「*dis-*（分離）＋*miss*（送出）＝釋放」的意象。

（*dis*→p.155，*miss*→p.211，fire→p.57）

① dismiss the idea as unimportant「如果那個想法不重要的話就無視」
② dismiss the case「駁回此上訴」

★Case dismissed.「退回本案的請求。」是法官常使用的表現。

③ He was dismissed from the service.「他被免職了。」
④ We are dismissed.「解散（會議等）。」　★固定用法。

doubt [dáʊt] vs. suspect [səspékt]

doubt的語源是double「兩個」。也就是不知道兩個選項哪一個才是正確的，內心被割裂成兩半的意象。由此衍生出懷疑某事「可能不是真實」的意思。與此相對，suspect則是推測有隱藏的事實或壞事存在之意。

① I doubt that he stole the money.「我不認為他偷了錢。」

　≒ I don't think that he stole the money.

☐ **dubious** [d(j)úːbiəs] 形 ①懷疑（=doubtful）②可疑

② I suspect that he stole the money.「我認為是他偷了錢。」

　≒ I suspect him of stealing the money.

　≒ I suppose that he stole the money.

☐ **suspect** [sʌ́spekt] 名 嫌疑犯

☐ **suspicion** [səspíʃən] 名 懷疑可疑，嫌疑

☐ **suspicious** [səspíʃəs] 形 可疑　★本詞與dubious的意思相近。

drive [dráɪv]

由「追趕（動物）、推動」的意思衍伸出「開動（汽車）、駕駛」的意義，並延伸出從內部刺激人的「衝動、慾望」的意思。

① He drove the sheep to the market. 「他把羊趕到市集。」
② He drove his truck to the market.「他把貨車開到市場。」
③ a strong drive to succeed「想成功的強烈慾望」

★instigate「（從內側刺激→）煽動、教唆」，instinct「（從內側刺激→）本能」，impulse 「（從內側推動→）衝動」也是相同的意象。　impulse→p.224

due [d(j)úː]

due 原始的意思是「借錢」。後來變成「（在期限前）必須還錢」的意思，然後又更加一般化為「期限、預定」。另外 due to～原本是「對～有虧欠」的意思，後來延伸為「必須對～償還」和「多虧～、因為～」的意義。

① When is the report due? 「這份報告的期限是什麼時候？」

② He is due to leave for India next month. 「他預定下週前往印度。」

③ The money is due to me. 「那筆錢應該給我才對。」

④ More respect is due to him. 「大家應該對他抱有更多敬意。」

⑤ The success was due to his efforts. 「成功都是多虧了他的努力。」

⑥ Most of these accidents happen due to carelessness.

「這些意外大多都是因為粗心造成的。」

★owe A to B「把 A 借給 B，多虧 A 才有 B」，owing to～「因為～」也發展出了非常相似的意義。

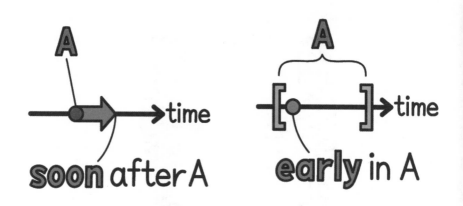

early [ɚːli] vs. soon [súːn]

soon after A

early in A

early（早）和soon（快）的概念有些相似，但可以用後面接的受詞前置詞來區分差異。soon通常是接soon **after** A。也就是「在A（基準時間點）之後短時間內」的意思。另一方面early通常接early **in** A。也就是「在A（期間）之中最早的」之意。soon或early單獨使用的時候，也同樣可以自己補上前置詞句來判斷意義。像是He'll be back **soon**. 隱含了 after now的意思，get up **early** 則隱含了 in the morning 的意義。

（註：日文中的「快」和「早」都叫「はやく」，故early和soon的翻譯容易混淆。但在中文中soon翻為「快」，early翻為「早」，不能互換。）

① a）**soon after** his marriage「在他結婚後不久」

　b）as **soon** as possible「（現在之後）盡快」

② a）**early in** human history「人類歷史的早期」

　　★early man是「（石器時代等）古代人」的意思。

　b）start learning English as **early** as possible
　　「應該（在人生中）盡早開始學習英文」

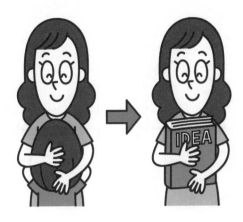

embrace [embréis]

em（＝*en* 之中）＋*brace*（手）→由①「把～抱在手中」的意思發展出②「接受（想法等）」的意義。此外更延伸出③「包含～」的意義。

① The mother embraced her child.「母親擁抱孩子。」
② embrace a new way of thinking「接受新思想」
③ This family embraces the gorillas, chimpanzees, and humans.
　　「這個科包含大猩猩、黑猩猩、以及人類。」

entertain [èntətéɪn]

① ②

> *enter*（ = inter 之中）+ *tain*（保持、進入）的組合（*tain* → p.262）。原意是「招待（來到家中的人）」，後衍生出①「使（人）開心」的意思，除此之外還有②「心中抱有～（想法、懷疑、希望等）（ = have）」的意思。乍看之下兩個意思好像相差甚遠，但從語源來思考應該就能理解。

① entertain guests at home「在家裡招待客人」
② a）entertain the idea of trying something new
　　　「抱持嘗試新事物的想法」
　b）entertain a faint hope「抱持微小的希望」

□ **entertainment** [èntətéɪnmənt]
　図 ①娛樂、藝能 ②招待

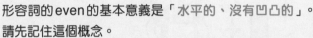

even [íːvn̩]

① an even surface「平坦的表面」

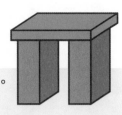

形容詞的 even 的基本意義是「水平的、沒有凹凸的」。
請先記住這個概念。

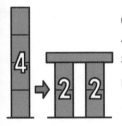

② Four is an even number.「4是偶數。」
4可以分成兩個相等的整數2和2。因為四個磚塊分成各兩塊後在上面鋪一塊板子，板子會維持水平。另外奇數的英文是 odd number。

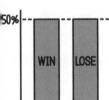

③ You may win or lose. The chances are even.
「你可能贏也可能輸。機率各半。」
在左邊的長條圖頂上放一塊板子，也會維持水平。所以 even 也有「相等、相同」的意義。

④ Even a child can get full marks in the test.
「這個測驗就連小孩子都能拿滿分。」
even A 是「連A都」，也就是「A也一樣」的意思。亦即小孩子也能跟大人一樣拿到100分。這裡的 even 雖然是副詞，但概念是相同的。

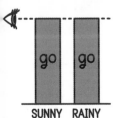

⑤ I'll go out even if it rains.
「就算下雨我也要出門。」
even if... 是「即使…也」，同樣可以理解成「…的情況也一樣」的意思。換言之不論放晴還是下雨都一樣。

fine [fáɪn]

fine 的語源是「結束（finish）」。跟樂譜用的義大利語 *Fine*「fin（結束）」起源相同。然後再由「打磨到最後」變化出「精緻、美麗、高級」的意思，後來又延伸出「好、健康、有元氣、天氣很好」等意義。名詞的 fine 是「罰金」，也就是「抵銷過失以終結問題的錢」。

① fine-tuning「微調」
② a fine line「細線，毫釐之差」
③ a room with a fine view「景觀很美的房間」
④ It was a fine day.「今天天氣很好。」
⑤ I'm fine.「① 我很好。
　　　　　　② 我不用了。（=I'm good. / I'm OK. / No, thanks.）」
⑥ a fine for parking on the sidewalk「在人行道停車的罰款」

fire [fáɪə]

由「從火槍發射子彈」的意思演變出「（把人從公司釋放出去→）解雇」的意義。通常使用被動形。可以用「be fired from ＋公司」的形式來表達。

① He fired a bullet into the car.「他對那輛車開了一槍。」

② You're fired!「你被開除了！」

③ Jobs was fired from Apple.「賈伯斯被蘋果公司解雇了。」

★discharge 這個單字是由 dis（逆）＋ charge（堆積、塞）組成，這個詞也跟 fire 一樣有「發射（子彈、導彈等）」和「解雇」兩種意義，十分有趣。但 discharge 的意思比 fire 更廣，也可以用來表達「釋放（人）、使（人）出院」等意思。

dis → p.155, charge → p.37

① discharge a bullet「發射子彈」

② He was discharged from the hospital.「他出院了。」

多義詞・基本詞篇

1

57

for [fə]

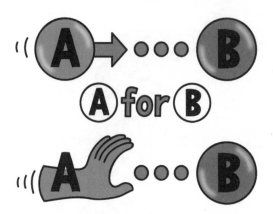

A for B 表示「A朝向B、以B為目標、但不一定能到達B的狀態」。
另外也可用來表達對B有慾望，想追求B的意思。

① The train left for New York.「列車朝紐約出發了。」
② I called him for advice.「我打電話尋求他的建議。」

那麼下面的例句又是什麼意思呢？
③ pay 20,000 dollars for the car「為那輛車支付20,000美元」

$20000 for the car

雖然這裡的 for 也可以理解成「渴求那輛車」，但要注意也有那輛車的價值與 $20,000相符的意思。換言之這筆錢與車的價值「相當」，所以這筆錢和車「可以交換」。「Ａ與Ｂ相當」和「用Ａ交換Ｂ」也是 for 的重要字義。

④ a check for 1000 dollars「價值等於1000美元的支票」
⑤ exchange 110 yen for one dollar「用110日圓兌換1美元」
⑥ an eye for an eye「以眼還眼」
⑦ punish her for murder「以殺人罪名懲罰她」

罰　　　罪
an eye for an eye

an eye for an eye（以眼還眼）是「如果弄瞎了別人的眼睛，自己的眼睛也要被弄瞎」的意思。也就是「弄瞎他人（犯罪）」和「被弄瞎（懲罰）」兩者相等的概念。punish A for B（以Ｂ的罪名懲罰Ａ）也同樣是對Ａ的懲罰與罪刑（Ｂ）相等的概念。只要用天秤的意象去思考，就能更輕鬆理解 for 的各種不同用法。

from [frəm]

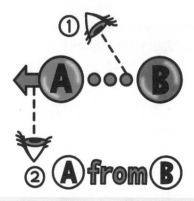

A from B 表示「A 遠離 B」的意思。①是以 A 為原點把注意力轉向 B 的「起源、出身」之意，②是從遠離 B 的地方關注 B 的「分離、距離、懸殊」等意象。

① I am from California.「我來自加州。」
② He is a friend from high school.「他是高中時代的朋友。」
③ She got divorced from Brad.「她跟布萊德離婚了。」

from 這個字乍看簡單，但有時不改變觀念的話很正確使用。

④ I ordered a book from Amazon.「我向亞馬遜訂了一本書。」
⑤ We are safe from bears here.「待在這裡就不用擔心被熊攻擊。」

中文的話會說「我向亞馬遜訂了一本書」，但在英文中卻更重視「物體朝哪個方向移動」這件事，所以會想成「要求把書從亞馬遜送到下單者手上」，所以像④那樣寫成ordered a book from Amazon才是正確的。如果寫成ordered a book to Amazon的話，在英文使用者聽來會變成「下單把書送去亞馬遜」。換言之就跟give a book to Amazon是相同的意思。

⑤ A be safe from B則是「A沒有面臨B的威脅」的意思。因為安全就是遠離危險事物的意思。可以跟A escape from B「A逃離B」和save A from B「把A從B手中救出來」一起想會更容易理解。事實上safe和save的語源相同，都是源自拉丁語的salvus「安全」。

⑥ Cheese is made from milk.「起士是用牛奶做的（從牛奶變成的）。」
⑦ The chair is made of wood.「椅子是用木頭做的（仍然是木頭）。」

⑥的牛奶是起士的原料，而⑦的木材則是椅子的材料。of雖然也有分離的意思，但from的感覺與成品的距離（＝差異）更大（英文雖然有far from的用法，卻沒有far of的用法）。而起士和牛奶的距離（差異）遠比椅子和木材的距離更大。

of → p.75

get [gét]

①「A 得到 B」，②「A 到達 B」，③「A 變成 B 的狀態」，這三個是 get 的基本用法。三者全部都有 A 到達 B 的概念。

① I got a job.「我得到了一份工作。」
② I got to the hospital.「我到達了醫院。」
③ a) I couldn't get to sleep.「我無法入睡。」
　　★含有比 go to sleep 更困難之意。。
　 b) I got ready for the trip.「我做好去旅行的準備。」
　　★例如 come true「實現」，go bad「腐壞」，英文中常用「移動的動詞」來表達狀態的變化。換言之就是把狀態比喻成地點。

在以上三句的 get 後接上目的詞，還可以再衍生出三種句型。
①' I got him a job.（≒ I got a job for him.）「我幫他找了份工作。」
②' I got him to the hospital.「我帶他去了醫院。」
　　★含有比 take 更困難之意。
③' a) I couldn't get him to sleep.「我無法讓他入眠。」
　 b) I got him ready for the trip.「我幫他做完了旅行的準備。」

give [gív]

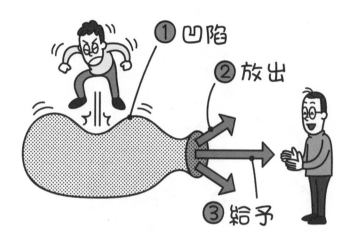

① 凹陷
② 放出
③ 給予

想像一個裝有東西的袋子。然後對袋子用力擠壓①袋子凹陷→②裡面的東西
從袋子漏出。然後「③給予～」的意思則是衍生自跑出的物體到達特定接
收者手中的意象。由此可見英文的give的意義遠比中文的「給予」來得更
廣。

① 「凹陷」

The floor gave under the weight of the piano.
「地板因鋼琴的重量而下陷。」

② 「放出」系

a) My strength gave out before I got there.
「我在到達那裡前就沒力氣了。」

b) The flowers give off a sweet fragrance.「那朵花散發出香氣。」

c) She gave a sigh of relief.「她放心地吐了口氣。」

d) She gave a little smile.「她露出微微一笑。」

e) Jobs gave a speech to students.「賈伯斯對學生們演說。」

　★e) 從嘴巴「放出訊息」的意象。順帶一提，日語中的「説（話す）」和「放（放す）」的
　　　語源似乎也相同。請比較一下此單字與deliver (p. 45)的意象。

③「給予」系
  a) She gave me a smile.「她對我微笑。」
  b) She gave me her cold.「她把感冒傳染給我。」

ground [gráʊnd]

從地面的意思衍生出行動、運動的場地（不一定是陸地），然後又抽象化發展出行動或主張的基礎、根據、理由等意思。當後者使用時，幾乎都是複數形。

① a man standing on the ground「站在地面上的男人」
② rich fishing grounds「豐饒的漁場」
③ He doesn't eat pork, on religious grounds.
  「他出於宗教的理由不吃豬肉。」

in [ɪn]

> A in B在空間上的意義是「A在B（範圍）之內」。由此抽象化後發展出「A處於B的狀態」的用法。　　cf. at→p.26

① He is in the bathroom.「他在洗手間內。」

② He is in jeans.「他穿著牛仔褲。」

③ He is in the nude.「他赤裸著身體。」

④ He is in hot water with the police.「他跟警察發生了爭執。」

⑤ He is in trouble with the police.「他跟警察發生了爭執。」

　★be in hot water是be in trouble的口語化表現。

　★in表示狀態時通常是像in a pickle, in a jam「困擾」、in debt「欠債」、in danger, in a crisis「陷入危險」、fall in love「墜入愛河」等「宛如陷入洞裡無法脫身的狀態」之意象。

⑥ She is in the mood for dancing.「她現在感覺很想跳舞。」

⑦ She is deep in thought.「她陷入深思。」

　★⑥⑦這種表示「心情、感情」等精神狀態時，常常用in來表達。

「意義、情報＋in 言詞」是 in 的重要用法。這個句型可理解成「語言是容器，而意義、情報在此容器之中」。讓我們比較一下下面兩句話。

③ She boiled water **in** a kettle.「她用水壺燒了熱水。」
　　　　　　　　×with a kettle
⑤ She made a speech **in** English.「她用英語進行演講。」

就好像熱水裝在水壺裡，演講（＝情報）也裝在英文這個語言中。

　★in other words「（裝到其他言語裡→）換句話說」，in a nutshell「（裝在小果殼裡→）
　　簡單來說（＝in short）」等片語也是 in＋言詞的表現。

into [íntə]

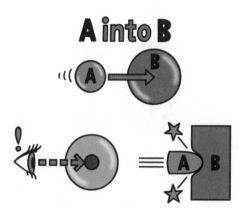

> A into B 的概念是 A 深深侵入 B 的內部。
> *in* 表示狀態，*to* 表示方向，所以 into 常用來表現狀態的變化。

① Water turns into ice at 0℃.「水在0℃時會變成冰。」
② Milk is made into cheese.「牛奶被加工成起士。」
③ talk him into going home「說服他回家。」

另外，從視線深入對象的意象，也衍生出「深入調查、看穿」問題等概念。
④ go into the deep forest「進入森林深處」
⑤ look into the matter carefully「審慎地研究問題」
⑥ his deep insight into life「他對人生有深入的洞察」

同時 A「深入」B 的意象也可用來表現衝撞。
⑦ She bumped into the wall.「她撞上了牆壁。」

且「衝撞」還延伸出「偶然遇見」的意思。
⑧ I ran into an old friend.「我碰見一個老朋友。」

issue [íʃuː]

issue是拉丁語exire的訛音，原始字義是①「出」。然後衍生出②「發行
（證書、文件）」、「發表（聲明、命令）」，後來更名詞化成③「（接連出
現的東西→）問題、話題（problem, topic）」、④「（發出之物→）（雜誌
等的）期號」。

① smoke issuing from a chimney「從煙囪冒出的煙」
② The White House issued a statement.「白宮發出聲明。」
③ important environmental issues「重要的環境問題」
④ the first issue of the magazine「那本雜誌的創刊號」

lead [líːd]

A lead B to C「A 將 B 引導至 C」是基本用法。

① I **led** him **to** the door. 「我帶他去門口。」

若以道路為主詞則表示「沿著 A 前進則 B 可到達 C」的意思。
② The road **led** me **to** a river. 「我順著這條路前進來到河邊。」

然後省略 B（人）的話則是「A 通往 C」的意思。
③ The road **leads to** a river. 「這條路通往河邊。」

④ Smoking **leads to** cancer. 「香菸會導致癌症。」
　★③A lead to C「A（路）通往 C」發展出「A（原因）會導致 C（結果）」的意思。也就是
　　「抽菸的結果就是得癌症」之意象。

☐ **leading**[líːdɪŋ] 形 （引導他者→）領導性的、先進的、一流的、主要的
　例　a leading industrial nation 「先進工業國」
　　　play a leading part 「扮演主要角色」

learn [lə́ːn] vs. know [nóu]

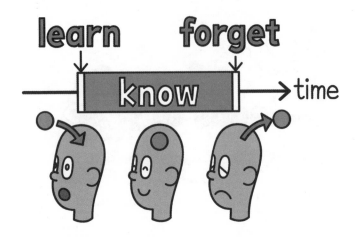

learn「學會」是把情報吸收進大腦的**行為**。有時也可能只發生在瞬間。另一方面 know 則是保有情報的**狀態**。不是「學會」而是「已經學會」。而 forget 則是失去情報的意思。

① He studied hard but learned little.

　「他很用功念書卻學到很少。」

　　★study = try to learn

② He was shocked to learn the truth.「他得知真相後大受打擊。」

　　★②表示的是原本不知道的真相進入大腦之瞬間受到打擊的狀態，因此使用比 to know 更能表現瞬間變化的 to learn 會更自然。

③ I'm happy to know that you are doing well.

「很高興知道你過得很好。」

　　★這裡是「因為知道所以很高興」的意思，所以用 to know 更自然。

　　★learn 也有花費時間（完全）習得技術的意思。很多日本人會用 I learned English last week. 這種說法，但這句話的意思是在上禮拜完全學會了英文的所有知識，所以在別人聽來會很奇怪。這裡用 studied 更自然。I learn some English words last week. 的話就沒問題。

70

look [lók] vs. see [síː]

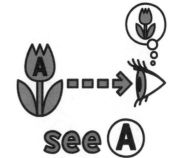

look 的基本字義是「投以視線」。look at A 是「視線停在 A 之上」（→at p26）的意思。如同例句①，look 不見得一定有看到東西。look at A 抽象化的意思「思考、研究 A」在生活中常常用到。與此相對，see A 則是「認識到進入眼簾的 A 的形象」的意思。因為已經認識到了，所以 A 不會是幻覺等不存在的事物。延伸到視覺以外的意思則是「理解」之意，在「認識」的行為上加入主觀意志便是「想要認識」→「調查」的意思。

① He looked into the darkness but saw nothing.
「他望向黑暗深處但沒有看見任何東西。」

② We will look at this issue later.「這個問題之後再研究。」

③ See the man over there?「你有看到那邊的男人嗎？」

④ Do you see what I mean?「你了解我想說什麼嗎？」

⑤ Let's see if it works.「來看看這有沒有用吧。」

★look A「看起來像 A」的意思應該是由下面的用法演化出來的。

She looked nervously at me.「她用不安的眼神看了我一眼。」

→She looked nervous.「她看起來很不安。」

然而，英文中還有其他用指涉他人行為的動詞來表達該行為給人之感覺的用法。

例 smell the rose「聞玫瑰花香」

→The rose smells sweet.「這朵玫瑰聞起來很香。」

lot [lát]

lot最初的意義是「抽籤」。然後由此衍生為由抽籤決定的「分額」之意，接著又變成抽中後可以拿到很多物資的「多」的意思，以及「整批的物品、（產品的）批次」的意思。另外因為以前會用抽籤來切分土地，所以又有「（土地的）區塊」之意。還有因為以前會用抽籤來決定重要的事項，所以發展出「命運」或因命運而定的「境遇、地位」的意思。

① She was chosen by lot.「她被抽中。」
② He won the lottery and got a lot of money.「他中了樂透而賺到大錢。」
③ a production lot「生產批次」
　★以相同樣式製作的整批產品。
④ a parking lot「停車場」（＝停車用的區塊）
⑤ He is content with his lot.「他對自己的命運（境遇）很滿意。」

□ **lottery** [látəri] 名 樂透
□ **allot** [əlát] 動 抽籤決定份額→～分配
□ **lotto** [látou] 名 一種遊戲、樂透（＝lottery）

means [míːnz]

means 的原始字義是「夾在中間的東西」，語源是 *medi, mid*（→ p.207）。後來由人和目的（**end**）之間的意思衍生出「做法、手段」之意，接著進而縮小成達成目的之重要手段，表示「金錢（財產、收入）」。

① Money is not an end but a means.「金錢不是目的而是手段。」
② Try to live within your means.「請試著量入（收入）為出。」

□ **mean**[míːn] 形 中間的、平均的 名 中間

例 the mean value「中間值」
the golden mean「中庸、中道（不極端的做法）」

| 專欄 | 無孔貽貝和肌肉疙瘩 |

做西班牙海鮮燴飯用的無孔貽貝，英文叫 mussel，但發音卻跟 muscle「肌肉」完全相同 [mʌsl]，在以前甚至連拼法都是 muscle。其實這兩個字有著相同的語源，那就是拉丁語的 musculus「小老鼠」，是由 *mus*（=mouse）+ *culus*（小的東西）組成的字。這似乎是因為無孔貽貝和肌肉（特別是手臂上的肌肉疙瘩）之形狀都跟老鼠很類似。

object [ábdʒɪkt]

由「對（*ob*）人投擲（*ject*）」的意思演變為「對人投擲言語」＝「反對」的意思。名詞在以前是「障礙物（＝放置來阻擋人的東西）」的意思，但後來一般化為人所認識的「對象、物體」，進而又衍生為用來表達人的「目標、目的」的詞語（*ject* → p.195）。另外 UFO 就是 **unidentified flying object**「未確認飛行物」的簡寫。

① object to her marriage「反對她的婚姻」
② a fast moving object in the sky「在空中高速移動的物體」
③ the object of the exercise「行動的目的」

☐ **objection** [əbdʒékʃən] 名 反對
　★"Objection!" 就是「我有異議！」。
☐ **objective** [əbdʒéktɪv] 形 客觀的（＝把某物當成與自己無關的東西）名 目的

of [əv]

A of B 原本的意思是「把 A 從 B 分離」。後來衍生出各種不同的意義。

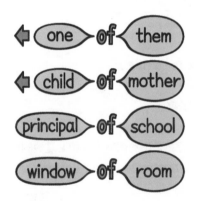

「部分」：從 them 之中分離出一個成員，就是 one of them。

「起源和擁有」：從母親身體誕生的小孩是 a child of the mother「那位母親的孩子」。所以 of 可以表示密切的關係。

★ 「那所學校的老師」通常會用 a teacher at the school 表達，但「那所學校的校長」
　　因為是全校唯一的代表，與學校的關係更密切，所以通常會說 the principal of the
　　school。同理「房間裡的椅子」因為只是暫時擺在房間裡，所以是 a chair in the
　　room，但「房間的窗戶」是房間的一部分，所以是 the window of the room。

以下的用法也全都能用同一個概念來理解。

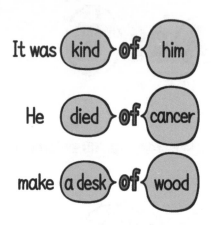

① It was **kind of** him to give me a ride.
「開車送我一程的他很親切。」

② He **died of** cancer. 「他死於癌症。」

③ **make a desk of** wood 「用木頭製作桌子」

① 可以理解為「送我一程的行為是出於體貼，而體貼是他的性質之一部分」。古英文也有 It was a kindness of him to assist me. 的說法

② 可以理解為「死亡是由癌症而生」。

用 die from cancer 也可以，但 of 常用來表現疾病或飢餓等直接性的死因，而 from 更常用來表達「間接性的死因」（from → p.60）。這點可以從 He died of lung cancer from smoking.「他死於吸菸導致的肺癌」這個例句明顯看出區別。of 和 from 的距離感差別可參照 p.62。

off [á:f]

> off的基本概念是「分離」。從開關的ON/OFF即可看出，off就是on「接觸」的相反。

off前面要加前置詞和副詞。

① He got off（the train）at the station.「他在那個車站下車。」
② He took his hat off（his head）.「他（從頭上）脫下帽子。」

① 句中的意思是他離開列車，②句中則是帽子離開他的頭之意。如果省略後面的名詞，off就會變成副詞，不過概念依舊相同。

那麼以下的表現又是什麼意思呢？

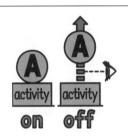

③ I'm off today.
「我今天休假。」
④ Let's put off the meeting until tomorrow.
「把會議延到明天吧。」

上兩句的off從空間性的意義延伸到了抽象的意義。③是「我遠離了工作」之意，也就是off work。④是「會議遠離了今天」的意思。由此可見off還可以表示「遠離活動＝活動停止」。

那麼下面的句子又如何？

⑤ The light went off.「燈熄了。」
⑥ The alarm went off.「鬧鐘響了。」

這兩句中的go off乍看好像剛好相反（Janus word →p.112）。而字典上的off也一樣同時有「停止」和「活動」兩種看似相反的項目。這究竟是怎麼回事呢？

⑤的off可以理解為「電流（開關）遠離」或「遠離開燈（＝on）的狀態」。兩者都有「遠離活動」的意像。但⑥又要怎麼理解呢？

請看看下面的句子。

⑦ I'm off to Paris.「我出發前往巴黎。」

⑧ The plane took off.「飛機離地了。」

⑦雖然同樣是I'm off，但跟③不一樣，是「我離開現在的場所」之意。

而⑧只要補上幾個字改成The plane took (itself) off (the ground).就能理解。

請連結下文一起思考。兩者都是「飛機離開陸地」的意思。

例 The pilot took the plane off the ground.「飛行員使飛機離地了。」

例 The plane took off.「飛機離地了。」

⑦⑧的off雖然也是「分離」的意思，但是從原本的地點開始移動之意，所以也用來表達開始「活動」。同理⑥的off也可以理解成鬧鐘開始發出聲音（＝活動）的意思。

再來看看其他go off的例子吧。

⑨ His gun [The bomb] went off.「他的槍被發射了／炸彈爆炸了。」

此例也同樣是槍或炸彈釋放出子彈、火光、聲音的意思。

就像這樣，off可以表示脫離活動狀態的「休止」之意，而在表示某事物脫離起點時則是完全相反的「開始活動」的意思。

問題 請把下文的意思翻成中文。

The burglar went into the house without setting off the alarm.

　　　※burglar＝小偷

（答案在80頁）

on [ɑn]

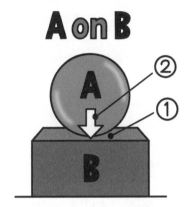

A on B有①A在B的表面上（接觸、依附），②A對B施加重量（力量、影響）的兩種意象。

① She went home **on the subway**.「她搭乘地鐵回到家。」

★這裡是表示搭地鐵移動的意思。由此可知on可用以表示移動、活動的狀態。

> 例 I was on my way home.「我在回家的路上。」
>
> She is on a trip.「她正在旅行中。」

② That sweater **looks great on you**.「那件毛衣看起來很適合你。」

★直譯的話就是「毛衣附著在你身上的狀態很好看。」

③ **On arriving** home he went to bed「他一回到家就馬上睡了。」

★「回家」和「睡覺」在時間上相連。　　　　　　　　immediately → p.208

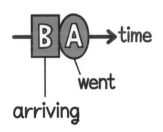

④ Focus on your breathing.「請集中意識在你的呼吸上。」
　　★「把意識緊貼在呼吸上」的意象。

⑤ Animals depend on plants.「動物（的生存）依賴植物。」

pend → p.222

⑥ Every theory is based on assumptions.
　「所有的理論都基於假設。」

ground → p.64

⑦ impose a heavy tax on the rich「對富人課重稅」　　impose → p.229
　　★on在這裡表示「負擔」。

⑧ Plastics have a negative impact on the environment.
　「塑膠會對環境產生不好的影響」

（p.78　問題解答）

正解　「小偷沒有觸發警鈴就進入家中」

某本有名的英日辭典曾把這句話誤譯成「沒有關掉警鈴…」。set A off 是「使A啟動(發射、爆炸)」的意思。要注意跟 turn A off「關掉A的開關」完全不一樣。

order [ɔ́ədə]

order最早的意思是「階級、順序」。由此發展出「依序排列的狀態」→「秩序」之意。動詞則由「維持秩序」延伸為「命令」的意思。「下單」也可視為命令的一種。

① all **orders** of men「所有階級的人們」

② in alphabetical **order**「依照字母順序」

③ maintain public **order**「維持公共秩序」

④ **order** a book from Amazon.「向亞馬遜訂書」 →p.60

　★Order!「（秩序→）肅靜！」是會議或法庭上常用的表現。

　◇ **put** A **in order**「整理 A」

　◇ **out of order**「順序混亂、雜亂、故障」

　◇ **made to order**「（根據訂單製作→）訂製的」×order made

□**orderly** [ɔ́ədəli] 形 整齊的，有規律的

otherwise [ʌ́ðɚwàɪz]

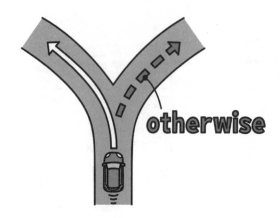

otherwise

由 *other*（其他的）+ *wise*（= way）組成。這個 wise = way 的理解方式會決定 otherwise 的意義。
首先是「其他道路」→「若選擇別的道路」＝①「否則的話」。而若把 way 理解成「方法」的話就是②「其他做法」的意思。
然後 way 還有「點（respect）」的意思，所以 otherwise 也有③「在其他點上」的意義。

① Leave here now. Otherwise you'll be in trouble.
「立刻離開這裡。否則你會有麻煩。」
② You can't do it otherwise.「別無他法。」
③ My room is small but otherwise perfect.
「我的房間很小，不過其他方面都相當完美。」

☐ **likewise** [láɪkwàɪz] 圖 同樣地 (in a similar way)
☐ **clockwise** [klɑ́kwàɪz] 圖 順時針的 ⇔ counterclockwise「逆時針的」
★ 這裡的 wise 是「方向」之意。
★ 就像 pricewise「就價格來説」、timewise「就時間來説」，wise 可以用 X + wise 的格式自由地運用。

out [áʊt]

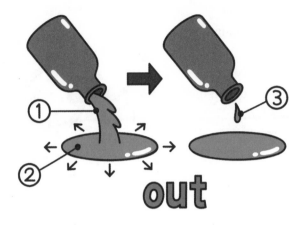

out有①到外面 ②擴張，並還有③消失的意象。「到外面」又發展出「選擇，排除」、「開始」、「醒目，明朗」等意義。這個字義的延伸方式跟字首 *ex* (→ p.163) 非常相似。

① 「到外面→選擇，開始，醒目，明朗」

a) pick out the best answer「選出最好的答案」

　　★日文的「ピックアップ（pick up＝挑選）」是日製英文。

b) War broke out.「戰爭開始了。」

c) stand out in the crowd「在人群中很顯眼」

d) The man turned out to be a spy.「最後發現那個男人是間諜。」

② 「向外→擴張，伸展，擴散」

　a）hand out questionnaires
　　　「分發問卷」
　　　★「提交」的英文是 hand in。

　b）The company branched out.
　　　「那間公司擴展業務範圍。」
　　　　　　　　　　　　branch → p.32

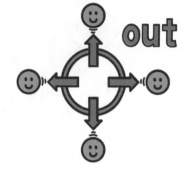

③ 「出去→不見，消失」

　a）The gas ran out.「氣體消失了。」

　b）put out the light「關掉燈光」

若是在視線範圍內的話就是「消滅」，在視線範圍外的話就是「醒目，明朗，出現」
等意義。

　　例　The rain stopped and the sun came out.「雨停後，太陽露臉了。」

over [óuvɚ]

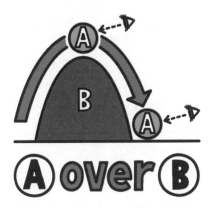

A over B的基本意象是A以圓弧狀的軌跡越過B。把焦點放在圓弧的頂點後就是下面的①「B的正上方」的意義，若把焦點放在圓弧的終點就是③「跨越到B的另一頭」之意。

a cloud **over** the mountain

① a cloud **over** the mountain「山頂正上方的雲」
雲朵在遠離山頂的高空。如果很接近山頂的話則用on the mountain。

　★但是，如果是很大片的雲層籠罩著山頂也可以用over。
　　→⑤

這個意象抽象化後就是「比～優秀」、「支配～」的意思。

例　Allied victory over Germany
　　「盟軍對德國的勝利」

② get **over** the problem「克服問題」

A get over B本來是「A越過B（障礙物等）」的意思，抽象化後衍生為「A克服B」。

③ a house **over** the mountain「山另一頭的**房子**」
把焦點放在圓弧終點的表現。
He lives over the hill. 他住在越過山丘的地方。」也可以
使用這種表現。但要注意不要跟「住在山丘上」搞混。
「住在山丘上」應該寫成live on the hill。

④ Danger is **over**.
「危險已經消失〔危險的狀態結束了〕。」
A be over「A結束了」的over是副詞，但跟當前置詞
使用時，一樣有A飛越頭頂離去的意象。

⑤ snow **over** the mountains「覆蓋山峰的白雪」
把圓弧的意象立體化為圓頂，就演變成了「A覆蓋B，A
罩著B」，也就是covering的意思。
★在這個用法中，A可以跟B是接觸的狀態。

專欄　　　　原子筆和鉛筆是親戚嗎？

因為pen和pencil兩者都是文具，所以英文單字也長得很像。是不是有很多人都這麼
以為呢？然而，這兩個字其實是語源完全不相關的「**偽親戚**」喔。pen的祖先是拉丁語
的penna「羽毛」。因為西方古代是用削尖的羽毛來書寫。而pencil的原始意義是「細
筆」，是penis這個字的後代。有沒有大吃一驚呢？

overlook [ὸʊvəlúk]

overlook 的意思會因 "over" 的解釋而變化。
①如果取「（視線）通過上方」的意思，就是「漏看，沒看到」的意思（左圖）。②而取「（從上方）掃過全體」的意思，就衍生出「綜覽（地點，如城鎮）（=command → p.39）」的意義（右圖）。經典恐怖電影「鬼店（*The Shining*）」的舞台就發生在山上的旅館 Overlook Hotel。

① overlook an important fact「漏掉了重要的事實」

② I'll overlook your mistake this time.

　「這次我就對你的失誤睜一隻眼閉一隻眼。」

　★如此例句可見，overlook 也可用於表示刻意的忽略。

③ The room overlooks the lake.「這個房間可以一覽整座湖泊。」

put [pút]

put A + B的基本字義是把A（某物）移動到B（場所或容器）。
（下文斜體的部分是場所）

① put the poster *on the wall.*「把海報貼在牆上」
② She put the ring *on* (*her finger*)「她把戒指戴（到手指）上。」
③ put the dishes *away*「收拾盤子」

  ★由上可見，儘管在中文裡必須使用不同動詞，但英文全部用put就可以了。
  put具有「表達～」的重要意思。就好比把原本裝在英文這個容器中的意義轉移到日文的容器中（上方右圖）。

④ put (the meaning of) the English into Japanese「用日文表達英文（的意思）」
⑤ to put it another way「換句話說」

  ★有時也可用來表達把A轉變成B的狀態。

⑥ put her at ease「使她放鬆（＝relax）」
⑦ put the house on the market「賣掉房子」

  ★put跟「放」不一樣

  ①中文的「放」一般是指把物體移動到水平的面上之意，但put可以用於牆壁或孔洞等不是水平的場所。②中文的「放」可以單獨使用，不過put的後面一定要接地方副詞。譬如「空罐不要亂放」不能寫成 Don't put empty cans.，必須寫成 Don't put empty cans here[there, out, on the street, etc.]。

represent [rèprɪzént]

represent 的主要字義是用簡單的事物去代替複雜的事物。譬如用「木」這個象形字去表達現實世界的複雜樹木（左），用一名議員去代表群眾的想法（右）。而「描述」和「說明」的意思，也同樣是把原本複雜的東西表現得更簡單。

① The cross represents Christianity.「十字架代表基督教。」
② The governor represents the state.「州長代表整個州。」
③ He represented his idea.「他說明自己的想法。」

□ **representative** [rèprɪzéntətɪv] 名 代表，議員 形 表示，代表，典型的
□ **representation** [rèprɪzentéɪʃən] 名 表現，描寫，代議制

resort [rɪzɔ́ɚt]

語源是 *re*（＝again）＋ *sort*（出去）。由「人一再前去的場所」演變出「觀光地」的意思。另一方面，「一再前去」也發展出「（一再）依賴」的意思。名詞則由「依賴之物」演變為「（遇到困難時的）手段」之意。

recourse → p.150

① a famous summer resort「有名的夏季觀光勝地」
② resort to violence「訴諸〔依賴〕暴力」
　★這邊的 to 後面多加 violance、force、war，不過有時也會加 drugs、alcohol。
③ War is the last resort.「戰爭是最後的手段。」

◇ **health resort**「健康度假村」

right [ráɪt]

right 的原始字義是「筆直的」，由此發展出「正確的」之意。名詞化則變成「正義，善良，權利（＝行為是正當的）」。另一方面，wrong 的語源是「彎曲的」，並由此衍生出「錯誤的，不好的，邪惡」等意義。　*wr* → p.286

★中文裡也有「正直的人」、「邪魔歪道」等説法對吧。

① stand **right** in front of the camera 「站在攝影機的正前方」
② The customer is always **right**. 「客人永遠是對的。」
③ know **right** from wrong 「能夠區別善惡」
④ have the **right** to vote 「有投票〔選舉〕權」

後來又從「正確的手」衍生出「右邊」的意思。

★這可能是因為右撇子的人比較多。如果左撇子的比率較高的話，right 大概會反過來變成「左邊」的意思。

□**upright**[ʌ́pràɪt] 形 直立的，正直的

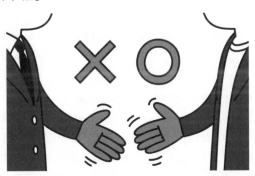

rule [rúːl]

My territory

rule

rule的語源是拉丁語的regula「尺」。因為尺有①「畫線」的意思，故發展出②「決定（善惡等境界）」之意，並由「具有決定權」的意象演變出③「（國王等）支配」的意思。名詞則從「決定，已決定的事項」發展出④「規則，規定，慣例，支配，（國王的）統治，在位期間」等意思。此外，regal「像國王般的，威風凜凜的」和royal「王室的」等詞的語源也是regula，是循「畫線→決定者→國王」的路徑發展而來。還有rect「筆直的」(→p.247) 和right (→p.91) 的語源也是regula。

① ruled paper「有格線的紙」
② The court ruled him guilty.「法院判他有罪。」
③ Louis XIV ruled France for 72 years.「路易十四統治法國長達72年。」
④ It is an exception rather than a rule.「那是例外而非慣例。」
　　◇ **rule** A **out**「否定、排除 A（可能性等）」

☐ **ruler** [rúːlə] 名 直尺，量尺
☐ **regular** [régjələ] 形 （用尺決定→）符合規則，固定的，通常的
☐ **regulate** [régjəlèɪt] 動 規定，規制，調節
☐ **regulation** [règjəléɪʃən] 名 規則，規制，調節
☐ **regime** [rəʒíːm] 名 政治體制

run [rʌ́n]

A run 的基本意義「A 流暢地移動」。所以主詞 A 如果是動物或騎乘物的話就是①「跑」，A 是液體的話則是②「流動」，是機器或軟體的話就是③「運作〔發揮機能〕」的意思。變成及物動詞後就是 run A「使 A 運動」。

① This car runs on hydrogen.「這輛車是靠氫動力行駛。」
② The Seine runs through Paris to Normandy.
　「塞納河從巴黎流向諾曼第。」
③ This program runs on Windows 10.
　「這個程式在 Windows 10 上運作。」
　★run A 的 run 是及物動詞，意思是「使 A 順暢地運動」。所以受詞 A 若為液體就是「使流動」，A 是機器的話就是「使運轉」，A 是組織的話則是「經營」的意思。
④ run the app on Mac「在 Mac 上打開這個 app」
⑤ how to run a business「經營企業的方法」

spring [sprɪŋ]

由①「猛力跳出」的意思衍生出②「彈簧」、③「春天（新生命迸發的季節）」、④「噴泉（水噴出的地方）」等意思。當動詞則發展為「出現，突然變化」之意。

① spring from bed「從床上跳起」
② bed springs「床的彈簧」
③ a spring roll「春捲」
　★因為在中國是春天才做的食物。另外生春捲的英文是summer roll。
④ hot spring「溫泉」

　◇ spring **to mind**「突然想到」

stand [stænd]

不及物動詞的 stand 是表示「站立」的動作和「站著，存在」的狀態。做及物動詞 stand A 時則由「挺身對抗 A」發展為「忍受 A」的意思。但當「忍受」時幾乎都是用否定形 cannot stand A「無法忍受 A」。另外也常常用 cannot stand to V [V-ing]「無法忍受去做」的句型。　cf. resist → p. 256

① The church stands on a hill. 「那間教堂聳立於（位於）山丘上。」
　★主詞是建築物等不會動的物體時不使用進行式。

② I can't stand it any longer. 「我沒法再忍下去了。」

③ I cannot stand to see her cry. 「我無法忍受看她流淚。」

stick [stík]

由「棒子」延伸出→①「（把棒子）插入，刺入」→②「（用穿刺的手段）使停留，使無法移動」的意思。「使停留」又延伸出用糨糊等③「黏住」的意思。此外也衍生出④「（像棒子一樣）突出」的意義。

① stick a knife into his chest「把刀插進他的胸口」
② I was stuck on the train for three hours.「我被困在電車上三小時。」
③ stick a note on the fridge「把便條貼在冰箱上」
④ Don't stick your head out the train window.
　「別把你的頭伸出列車窗外。」

□ **sticky** [stíki] 形 黏的，（天氣）濕黏
□ **sticker** [stíkə] 名 貼紙

　下面這幾個字也是 stick「突，刺」的夥伴。
□ **sting** [stíŋ] 動 螫
□ **instinct** [ínstɪŋkt] 名 本能（＝從生物體內刺激）
□ **instigate** [ínstɪgèɪt] 動 煽動（與 instinct 同語源）
□ **stimulate** [stímjəlèɪt] 動 刺激

subject [sʌ́bdʒekt]

「sub（向下）＋ject（投出）」→「置於支配下，服從」的意象。
由被國王支配的①「臣民，國民」之意延伸出位居有力者之下（sub），身
為其行為之受體的意思。②「主題」意味著被人議論的事物，③「學科」是
被學習的事物，④「受試者」則是被研究者控制研究的人之意。「主題」的
意義又衍生出⑤「主詞」的意思。當形容詞時同樣是be subject to A⑥「受
A的支配、影響」之意。要留意sub這個字首的意義under同樣也有受體的
意思（ex. under control「被控制」）。　　　　　*sub* → p.260

① subject of the king「國王的臣民」
② a subject of study「研究主題〔對象〕」
③ What is your favorite school subject？「你最喜歡的學科是什麼？」
④ the subjects of the experiment「實驗的受試者」
⑤ the subject of the sentence「句子的主詞」
⑥ Everything is subject to the laws of nature.
　「世間萬物都受到自然法則掌控。」

term [tə́ːm]

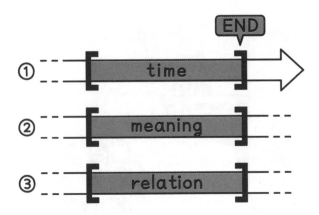

terminal「終點」的語源。由「終結，界限」演變為「被限制之物」，再延伸出各種不同意思。如①「期間（＝有限的時間）」，②「專門術語（＝有限意義〔被精準定義的〕的詞語）」，③「人際關係（交往程度是有限的）」，④「合約的條件（＝限制合約的內容）」等等，可以當作各種不同的意義。

① long-term memory「長期記憶」
② technical terms「專門術語」
③ I'm on good terms with John.「我跟約翰的關係很好。」
④ accept the terms of the contract「接受合約的條件」

□ **terminal** [tə́ːmnl] 形 終末的 名 終點，終端
　◇ **terminal illness**「末期疾病」
　◇ **mid-term election**「期中選舉」 ★美國總統任期中間舉行的選舉。
　◇ **term paper**「（期末的）報告」
　◇ **in terms of** A「（用 A 的術語→）從 A 的角度，A 式的」

thing [θíŋ] vs. stuff [stʌ́f]

「東西」的英文有兩種說法。

第一種是 thing，這個字指的是形象比較具體明確，可以識別出個體的「東西」。thing 是可數的（亦即前面可以加 a，也可以寫成複數形）。另一方面 stuff 指涉的是如煙霧等模糊聚合體的「東西」。stuff 不可數。英文中的所有名詞可分成 thing 家族（＝可數名詞：book, man, house, idea, job, etc.）和 stuff 家族（＝不可數名詞：air, wave, information, luck, advice, news, furniture, etc.）兩大類。

① I have a lot of things to do.「我有很多事得做。」
② I have a lot of stuff to do.「我有很多事得做。」

★很多人似乎以為 stuff 是 thing 的口語化說法。

要注意 ×a stuff→stuff, ×a lot of stuffs→a lot of stuff。

專欄　　終結者的使命

terminate 是「結束，使結束」的意思，例如 terminate the contract「終止合約」、terminate the pregnancy「墮胎」，以及「解雇（員工），殺害（敵方的間諜）」等意思。在電影魔鬼終結者（*Terminator*）系列中，未來的機械對人類發動戰爭，派出 terminator T-800，它的任務是 terminate 人類領導人約翰・康納的母親莎拉・康納，也就是殺死她。

through [θrù:]

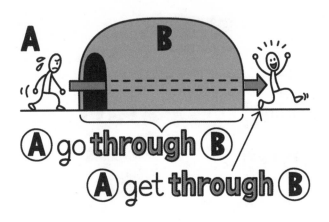

Ⓐ go through Ⓑ
Ⓐ get through Ⓑ

A through B 的基本意思是「A穿過B（之中）」。抽象化後可表示「A經歷
B，A做完B」的意思。
A go through B 是「A通過B（地點）」，後發展為「A經歷B（不幸的事
情）」的意思。也就是將不幸比喻為通過黑暗的隧道（見插圖）。其他還有
「詳細調查A，討論A」的意義。

① a）He went through a dark tunnel.「他穿過漆黑的隧道。」
   b）He went through a painful divorce.「他經歷了痛苦的離婚。」
   ★A get through B也可翻譯成「A通過B」，但go through指的是穿過整個通道，而get
      through則更聚焦在穿過後的終點上（見上面的插圖）。
② get through the work「做完那項工作」

   ★through有時也可以用來表達「透過～」的意思，
   也就是情報的傳達和獲得事物的手段。
③ access information through the Internet
   「透過網路取得情報」

through the net

to [tə]

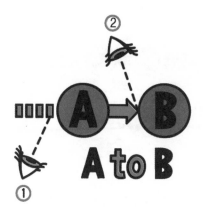

A to B 是 A ① 向 B 前進，② 到達 B 的意思。語意著重於①時用來表示運動和
注意力的方向，著重於②的終點時則可用來表現到達、執著、結果、適應、
所屬等各種意義。

① pay attention to his words.「注意他的言語」 意識的方向
　★listen to A 的 to 也是此用法。

② a）get to the top「到達頂點」 到達
　 b）cling to the past「拘泥於過去」 執著
　 c）starve to death.「餓死」 結果　　lead → p.69
　 d）adapt to the new environment「適應新環境」 適應
　 e）This book belongs to him.「這本書屬於他。」 所屬

give A to B是A抵達B，換言之包含A go to B。另一方面buy A for B則是「A為了把東西給予B而買」的意思，A不一定有碰到B。這跟A leave for B「A朝B出發」的A，不一定會到達B的道理是一樣的。

☐ give A to B 的家族：tell, say, explain, show, teach, send, hand, write, read, etc.

☐ buy A for B 的家族：make, cook, choose, find, etc.

★want, expect, ask, demand 等動詞後面不加A to B。因為這些動詞沒有A朝B的意思，卻含有A從B移動的意義，所以後面應該接A from B或A of B。　　　cf. from → p.60

例 Don't expect too much from me !「別對我抱有太大期待」

（也就是「不要期待從我（＝B）這裡得到太多東西（＝A）」之意）

train [tréɪn]

---

train 的語源是 *tract*「拉」(→ p.268)。由「被拉著的東西」→「長長地連著，連續」→「列車，洋裝的長下擺，一連串（的思想等）」。
動「訓練」則是從做園藝時將樹枝「拉成想要的樹形」的意思發展而來。

① The **train** had seven cars. 「這輛列車有七節車廂。」
  ★train 嚴格來說指的是列車的整體。個別車廂則是 car。

② the **train** of her wedding dress 「她的結婚禮服的裙襬」

③ He made me lose my **train** of thought.
  「他害我忘記剛剛在想什麼了。」

④ **train** soldiers for combat 「訓練士兵戰鬥」

wear [wéə]

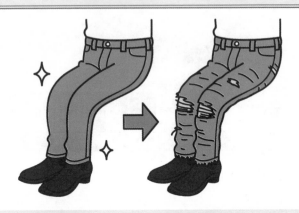

分別有「穿」和穿上後的結果「使穿破，磨損」之意。屬於字義從原因發展到結果的類型。「使穿破」的字義又延伸出「用完」、「精疲力盡」等意義。另外也可以做不及物動詞的「磨損，減少」。通常以片語 wear out 使用。out 表示「完全地」的意思。

① I have nothing to wear to the party. 「我沒有能穿去派對的衣服。」
② The stone is worn away 「那顆石頭磨損了。」
③ He wore out my patience. 「我再也忍受不了他了。」
　　★直 「他耗盡了我的耐心。」
④ She looks worn out. 「她一臉精疲力盡的模樣。」
⑤ The battery will wear out in five months. 「這顆電池五個月後電力會耗盡。」

★注意 put on 指的是穿著的動作，wear 則指穿上的狀態。

win [wín] vs. beat [bíːt]

win A

beat A

對應「贏」的英文動詞有兩種，很多人會搞混兩者的用法。win是「贏得〔大獎，得分，比賽等〕」的意思。換言之win含有get的意思。另一方面beat的意思是「打倒、擊敗〔競爭對手〕」。注意其原始的字義是「毆打」。

① win a prize [a game, an election, a victory]
「贏得大獎〔比賽，選舉，勝利〕」

② I can't beat him at chess.「我下棋贏不了他。」

★defeat跟beat的意思基本相同。但要注意defeat更多用來表示「被打敗＝敗北」。

問題 現實中有一本書叫 *Win Her With Dinner* 請猜猜這個書名是什麼意思。

（答案在p.107）

---

with [wíð]

A with B

A with B可用來表示A與B結合或A與B發生衝突。兩個意思乍看矛盾，但其實是有共通點的，那就是A和B處於同一個「地點」。

① He wants to connect with you. 「他想和你聯繫。」
② The asteroid will collide with the Earth. 「那顆小行星將撞上地球。」

argue **with** B

friends **with** B

A argue with B是「A與B爭執」，A is friends with B是「A是B的朋友」。

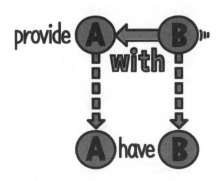

A with B 也有「A具有 B（＝A have B）」的意思。
provide A with B 表示創造出 A have B 的狀態。譬如「將 B 給予 A」換句話說就是「使 A 擁有 B」。

③ I provided the man with important information.
　「我提供那個男人重要的情報。」
　　→ the man with important information 創造「那個男人擁有重要情報」的狀態。
　　★supply, present, fill, cover, load 等字也有相同的句型。

順帶一提 rob A of B 則有相反的作用。因為 of 可表示分離的意思（→ p.75），所以有結束 A with B 的狀態「從 A 奪走 B」的意義。

例 rob the poor of their rights「剝奪窮人的權利」

---

p.105 解答

這是一本專門寫給男性的食譜，但目的並非為了讓男性在料理上勝過女性。因為 win 有 get 的意思，所以書名的意思應該是「製作好吃的料理，贏得女性（的芳心）」。

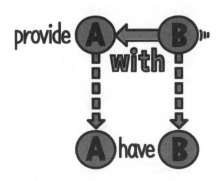 provide A ← B with / A have B

 rob A B of

write [ráɪt] *vs.* **draw** [drɔ́ː] *vs.* **paint** [péɪnt]

write   draw   paint

本節來學習區分三種「畫」的意思（註：本書作者為日本人，而日文中的「寫」和「畫」都叫「かく（kaku）」）。write 是書寫文字〔數字、符號、文章、書〕，draw 是畫線〔圖形，線畫〕，而 paint 是使用畫具畫畫、上色的意思。

① write a letter [word, novel, book] 「寫信〔文字〕〔單字、小說、書〕」
② draw a line [circle, map, picture] 「畫線〔圓、地圖、線畫〕」
③ paint a picture [portrait, landscape] 「畫畫〔肖像、風景〕」
　★日本人很容易對 map、circle、triangle、line 等名詞使用 write 這個動詞。

　◇ **draw a line between** A and B 「在 A 和 B 之間畫線，區分 A 和 B」
　　例 draw a line between right and wrong 「區分善惡」
　　★中文裡也會用「劃分」來表達區別的意思。
　◇ **draw a distinction between** A and B 「明確區分 A 和 B」
　　★將上句的 line 換成抽象詞 distinction 的表現法。

多
義
詞
・
基
本
詞
篇

告別死記硬背 圖解英文字彙

輕鬆學 & 忘不了！

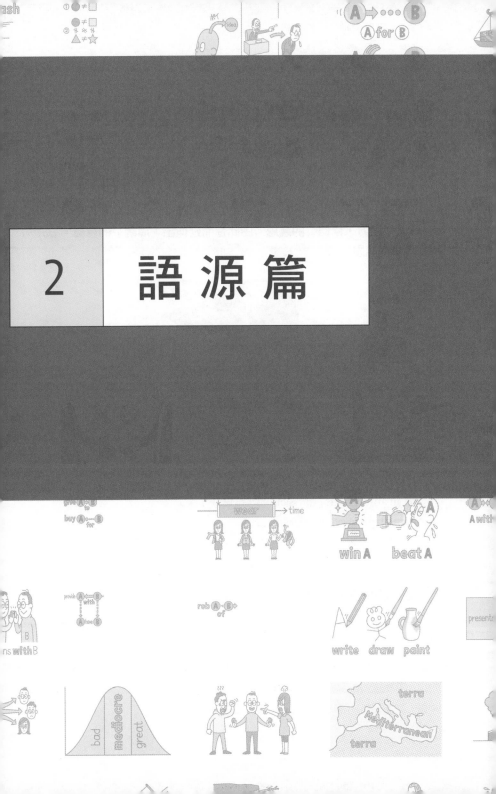

2 語源篇

ambi, amphi

兩方，周圍

ambi 是「**兩方，兩側**」的意思。由此進而延伸出「**周圍**」的意義。*amphi* 也是同樣的意思。

□ **ambiguous**[æmbíɡjuəs] 形 雙關，曖昧的

　例 an ambiguous expression「曖昧的表現」

□ **ambiguity**[æmbɪɡjúːəti] 名 曖昧

　★同樣是「曖昧」，vague 更多是指模糊不清的意思。

專欄　　**自反意語（Janus word）**

中文裡的「借」可以是「借出」也可以是「借入」的意思。這種同時具有**兩種相反意義**的 ambiguous 的單字就叫做 Janus word。這個詞取自羅馬神話中擁有兩張臉的神明 Janus。譬如動詞的 dust 同時有「拂去塵埃」和「撒上塵埃[粉末]」的意思。fast 同時有「快速」和「被固定的，不動的」的意思。sanction 同時有「認可」和「制裁」的意思。table a bill 在英式英語中是「提議法案」，但在美國卻是相反意義的「擱置法案」。

□ **ambivalent**[æmbívələnt] 形帶有矛盾的情感（如愛恨等）

　　源 *ambi* + *valent*（=value 價值）＝「具有兩種價值」

　　例 He is ambivalent about his wife.「他對妻子又愛又恨。」

□ **ambivalence**[æmbívələns] 名矛盾的心情

word family

□ **ambient**[ǽmbiənt] 形周圍的，環境的

　　例 ambient temperature「周圍的溫度」

□ **amphibian**[æmfíbiən] 名兩生類

　　源 *amphi*（（水陸）兩方）+ *bian*（=*bio* 活著）

　　　　bio → p.123

□ **ambidextrous**[æmbidékstrəs] 形兩手俱利的

　　源 *ambi* + *dextstrous*（靈巧的）　cf. **dexterity** 名靈巧

□ **amphitheater**[ǽmfiθì:ətɚ]

　　名（希臘等文明的）圓形劇場（舞台周圍有座位），階梯教室

□ **disambiguation**[dìsæmbìgjuéiʃən] 名消除歧異

　　★要分清楚兩種相同拼法的字義。例：bat¹「蝙蝠」，bat²「球棒」

ann(i), enn(i)

年

ann（*i*），*enn*（*i*）是拉丁語的annus「**年**」。西元（紀元後）的AD就是Anno（年）Domini（基督的）的縮寫（BC「紀元前」則是Before Christ「基督之前」。但近年顧及非基督徒而逐漸改用BCE＝Before Common Era）。

anniversary

□ **anniversary**[ænəvə́ːsəri] 名 紀念日
源 *anni*（年）＋*vers*（回轉）
→「每年都會再次到來的日子」
例 celebrate our wedding anniversary
「慶祝我們的結婚紀念日」

vers → p.280

word family

□ **annual**[ǽnjuəl] 形 ①每年一次的 ②全年的
□ **millennium**[mɪléniəm] 名 一千年 ★ 複數形為 millennia。
源 *mill*（1000）＋*enni*
□ **perennial**[pəréniəl] 形 全年不斷的，永續的，（植物）多年生的
源 *per*（一直，全部）＋*enni*
□ **semiannual**[sèmiǽnjuəl] 形 半年一次的
源 *semi*（一半）＋*annual* cf. **semifinal** 名 準決賽
□ **biennial**[baiéniəl] 形 兩年一次的 名 雙年展（**biennale**）（兩年一次的美術展覽）
源 *bi*（2）＋*enni*

□**biannual**[baɪænjuəl] 形 一年兩次的　★注意跟biennial的意思不同！

　源 *bi*(2) + *annual*　cf. **bicycle, bisexual**

□**triennial**[traɪéniəl] 形 三年一次的 名 三年展（三年一次的美術展）

　源 *tri*(3) + *enni*　　　　　　　　　　　　　　　　*tri* → p.273

astro, aster, stella

星

表示**星星**的英文單字star跟Stern（德語）、stella（義大利語）、estrella
（西班牙語）、etoile（法語）都有著相同的語源。「原子小金剛」的英文翻
譯是ASTROBOY「星星男孩」。女性的名字Stella、花名的aster（紫菀）
也是「星星」的意思。

2

語
源
篇

□**disaster**[dɪzǽstɚ] 名 災害

　源 *dis*（否定，惡）+ *aster* =「惡星」　　　　　　*dis* → p.155

　例 A disaster fell upon me.「災難降臨在我身上」

☐ **astral**[ǽstrəl] 形 星星的

☐ **asterisk**[ǽstərìsk] 名 星號（＊）

　　源 *aster*＋*isk*（小）＝「小星星」

☐ **astronaut**[ǽstrənɔ̀:t] 名 太空人

　　源 *astro*＋*naut*（水手）＝「星辰的水手」

☐ **astronomy**[əstránəmi] 名 天文學

　　源 *astro*＋*nomy*（法則，秩序）

☐ **astrology**[əstrálədʒi] 名 占星術

　　源 *astro*＋*logy*（學，理論）

　　★占星在古代被當成一種學問。　　　　　　　　　　*logy*→p.201

☐ **asteroid**[ǽstərɔ̀id] 名 小行星

　　源 *aster*＋*oid*（像）　cf. *andr*（人）＋*oid*＝「像人的東西」＝「仿生人」（android）

　☐ **astrophysics**[ǽstrəufíziks] 名 天體物理學

☐ **constellation**[kɑ̀nstəléɪʃən] 名 星座

　　源 *con*（=together）＋*stella*

　　★「星星的集合」之意　　　　　　　　　　　　　*con*→p.141

☐ **stellar**[stélə] 形 ①出色的，一流的　②出色的，一流的

　☐ **interstellar**[ìntərstélə] 形 星際的

　　源 *inter*（之間的）＋*stella*　　　　　　　　　*inter*→p.191

専欄　**向星星許願**

很多詞彙中意外地藏著「星星」。譬如 consider 是 *con*（一起的）＋*sider*（星星）的組成，據說原本的意思是航海時「一起觀測凝望眾多星辰」，後演變成「深思熟慮」的意思。還有 desire「欲求，慾望」的語源是 *de*（=from）＋*sider*（星星）＝「向星星許願」的意思。恰如 When You Wish Upon a Star「對著星星許願」的歌名。

auto

自分，自動

auto 是「**自己**」的意思。另外 *auto* 單獨使用時則有 automatic「**自動**」的意思。

autofocus「自動對焦」的 *auto* 就是這個意義。另外 automobile「*auto* + *mobile*（動）＝自駕車」這個字也可以簡寫為 **auto**，代表汽車的意思。

☐ auto**biography**[ɔ́:təbaɪɑɡrəfi] 名自傳

源 *auto* + *bio*（人生）+ *graphy*（寫，記錄）

☐ auto**graph**[ɔ́:təɡræf]

名（有名人的）簽名

★不用 sign。普通人的簽名則是 signature。

源 *auto* + *graph*（寫）

＝「自己 [本人] 寫的東西」

☐ auto**nomy**[ɔːtɔ́nəmi] 名自律，自治

源 *auto* + *nomy*（管理，支配）

☐ auto**nomous**[ɔːtɑ́nəməs] 形自律的な，自治の

例 autonomous driving「（AI 控制的）自動駕駛」

☐ auto**maton**[ɔːtɑ́mətɑ̀n] 名機器人，自動機械

源 *auto* + *maton*（思考）

★複數形是 automata。automatic 的語源也相同。

☐ auto**mation**[ɔ̀:təméɪʃən]

名自動化

源 automatic + operation（操作）的縮短形

- [ ] **autistic** [ɔ:tístɪk] 形 自閉症的　★因具有自我中心的傾向。
     名 自閉症患者
- [ ] **autism** [ɔ́:tìzm̩] 名 自閉症
- [ ] **automobile** [ɔ́:təməbì:l] 名 汽車
     源 *auto* + *mobile*（=move 動）
- [ ] **autocracy** [ɔ:tákrəsi] 名 獨裁政治
     源 *auto* + *cracy*（政治）=「自己一個人運作的政治」
- [ ] **autoimmune** [ɔ:táɪmjú:n] 形 自體免疫性的
     cf. autoimmune disease「自體免疫疾病」
     源 *auto* + *immune*（免疫的）
     ★免疫系統會攻擊自己身體的疾病。如風濕病。

專欄 動物和動畫／生命和呼吸

animal 和 animation 的語源是同一個。兩者都源自拉丁 *anima*「呼吸（靈魂）」。animal 是「會呼吸的東西」，animation 的原始意義則是「（對圖畫）賦予生命使其動起來的東西」。順帶一提日文的「生物（生き物）」的語源也是「息物＝會呼吸之物」，而「活（生きる）」也是源自「呼吸（息をする）」。

bar

棒，妨礙

bar原本的意思是「（橫）棒」，後來因為封鎖道路時會用橫木，所以衍生出「妨礙」的意義。因此含有*bar*的單字中很多都有**妨礙**或**禁止**的意思。

bar

- □ **bar**[bár]
  - 動 封（路），禁止
  - 名 障礙，妨礙
    - 例 bar his way to success
    - 「阻礙他邁向成功」
- □ **barrier**[bǽəriə] 名 障礙，障壁，極限
  - 例 a language barrier「語言的障礙」

word family

- □ **embargo**[embáəgou] 名 （與他國的）貿易禁令，（對船舶的）出入禁令
  - 源 *em*（往內）＋*bar*＝「伸入棒子妨礙」
- □ **embarrass**[embǽərəs] 動 使〈人〉狼狽，使〈人〉感到丟臉
  - 源 *em*（往內）＋*bar*＝「伸入棒子使人困擾」是原本的意思。
- □ **barricade**[bǽərəkèɪd] 名 路障，障礙物
  - 源 *bar*＋*rel*（桶）＝「由木桶堆成的牆壁」
  - ★古代的木桶也是用棒子捆成的東西。
- □ **barrage**[bəráːʒ] 名 ①集中砲火，連續發射 ②壩，堰
  - 源 「阻礙水流的東西」→「用來抵禦敵人的集中砲火」

bat

敲

*bat*最初是「敲」，後發展出「戰鬥」的意思。據說日語中的「戰鬥（戦う）」一詞也是源自「互相敲打（たたき合う）」之意。與beat「擊打，戰勝〔→p106.〕」的語源相同。

□ **bat**[bǽt] 名球棒，棍棒
　動用球棒敲打
□ **batter**[bǽtə]
　動毆打，連打
□ **battle**[bǽtl] 名戰鬥
□ **battalion**[bətǽljən] 名大隊，大軍
□ **combat**[kámbæt] 名戰鬥
　源 *com*（一起）+ *bat*
　　=「互毆」

□ **debate**[dɪbéɪt] 名辯論，討論 動討論
　★用言語互相攻擊的意象。

bene *vs.* mal

好⇔壞

bene   mal

*bene*是「善」，而*mal*是相反的「惡」之意。羅馬教宗的名字Benedictus 「本篤」就是*bene*（好的）＋*dict*（言詞）＝「祝福」的意思。malware 「惡意軟體」則是*mal*（壞的）＋（soft）ware「軟體」，也就是指電腦病毒等有害軟體的意思。malvertising則是*mal*＋advertising（廣告），意指「惡質的廣告」。還有哈利波特中的角色馬份（Malfoy）據說也是源自*mal* ＋foi（法語的「信賴」）＝「不誠實，惡意」的意思。

□ **benefit**[bénəfɪt] 名利益 動獲得利益，有益於～
　　形 **beneficial** 有益的，有幫助的
　　源 *bene*（好的）＋*fit*（做）＝「良善的行為、作用」
□ **beneficiary**[bènəfíʃièəri] 名受益人，(遺產的)繼承人
□ **benefactor**[bénəfæktə] 名恩人，後援者
　　源 *bene*（好的）＋*fact*（行為）＋*or*（行為人）　　*fact*→ *p*.167

□ **benevolent**[bənévlənt] 形 溫柔的，慷慨的 ⇔ malevolent 帶有惡意的

　　源 *bene* + *volent*（有意志的）

　　cf. **volunteer** 名 志願者（憑自己的意願工作的人）

□ **benign**[bənáin] 形 ①溫柔的 ②良性的 ⇔形 malignant, malign

□ **malignant**[məlígnənt] 形 惡性的（腫瘤等）

　　例 malignant melanoma「惡性黑色素瘤」

□ **malice**[mǽlɪs] 名 惡意

　　★日本電影「虛線的惡意（破線のマリス）」即是源自此字。形 **malicious**

□ **malfunction**[mælfʌŋkʃən] 名 故障，功能不良

　　源 *mal* + *function*（機能）

□ **malaria**[məléəriə] 名 瘧疾

　　源 *mal*（壞的）+ *aria*（=air 空氣）。

　　★ 以前的人認為瘧疾是因空氣不好導致。義大利語。

□ **malady**[mǽlədi] 名（社會的）嚴重問題

　　★源自法語的 maladie「疾病」。

□ **malnutrition**[mæln(j)u:tríʃən] 名 營養不良

　　源 *mal* + *nutrition*（營養）

nutri → p.216

bio

生

bio 的意思跟 life 和中文的「**生**」一樣，具有「**生命、生物、生活、人生**」等各種意義。近代隨著生物學的發展，與生物有關的詞彙愈來愈多。

□**biometric identification** 名 生物辨識

　　★利用指紋或虹膜確認是否為本人。

　　源 *bio* + *metric*（測量的）=「測量生物體」

□**bioinformatics** [bàiəuìnfəmǽtiks] 名 生物資訊學

　　源 *bio* + *informatics*（資訊學）

□**antibiotic** [æ̀ntibaiɔ́tik] 名 抗生素

　　源 *anti*（對抗）+ *bio* =「對抗微**生物**的物質」

隨著生物學的發展，帶有 *bio* 的單字愈來愈多。

☐ **biology**[baɪálədʒi] 名生物學

　　源 *bio*＋*logy*（學）　　　　　　　　　　　　　　*logy*→ p.201

☐ **biopsy**[báɪapsi] 名活體組織切片

　　源 *bio*＋*opsy*（看）

☐ **biodiversity**[bàɪɑdəvɚ́:səti] 名生物多樣性

　　源 *bio*＋diversity（多樣性）　　　　　　　　　*diversity*→ p.280

☐ **biography**[baɪágrəfi] 名傳記

　　源 *bio*（人生）＋*graphy*（寫，記錄）

☐ **biohazard**[bàɪɑhǽzəd] 名生物危害，生物災害

☐ **biochemistry**[bàɪɑkéməstri] 名生物化學

☐ **biomass**[báɪɑmæs] 名①生物量（某地區的生物總（重）量）

②可當成燃料使用的生物性可再生材料（木柴、木炭、乙醇等）

☐ **biodegradable**[báɪɑdɪgrèɪdəbl] 形可被生物分解的

　　源 *bio*＋*degrade*（分解）＋*able*（可能）

　　★指塑膠等材料可被細菌分解的性質。

☐ **bioengineering**[báɪɑ-èndʒəníərɪŋ] 名生物工學（**biotechnology**）

☐ **bioethics**[bàɪɑéθɪks] 名生命倫理學

　　★與墮胎、複製人、基因治療等有關的倫理學。

☐ **biofuel**[báɪɑ-fjùːəl] 名製作的燃料（*biomass* ②製作的燃料）

☐ **bioluminescence**[báɪɑ-lùːmənésn̩s] 名生物發光

　　源 *bio*＋*lumin*（光）cf. **illumination** 名照明　　*lumin*→ p.202

☐ **biome**[báɪoʊm] 名 生物群系

　　★對應氣候區的生物群落。譬如凍原、疏林草原、熱帶雨林等。

☐ **biotope**[báɪɑtòʊp] 名群落生境（特定生物群所生活的區域、環境）

　　源 *bio*＋*topos*（地點）

☐ **symbiosis**[sìmbióʊsɪs] 名共生

　　源 *sym*（=*syn*一起）＋*bio*（生活）＋*sis*（的）

☐ **bioweapon**[bàɪɑwépn̩] 名生物武器

ceed, cede, cess

去，前進

這三個字根全都是由有 go 意思的拉丁語 cedere 變化而來。以 ceed 為字尾的動詞，其名詞形大多是以 *cess* 或 *cession* 為字尾。

□ **recede**[rɪsíːd] 動 退後
　　源 *re*（向後）+ *cede*　re→p.243

□ **recession**[rɪséʃən]
　名 退後，景氣倒退（不景氣）

□ **recess**[ríːses|rɪsés] 名 休憩，休假
　　源「從工作退下」

□ **exceed**[ɪksíːd] 動 向外
　　源 *ex*（向外）+ *ceed*

　　　　　　　　　　　　　　　ex→p.163

□ **excess**[ɪksés] 名 過分的，多餘的
□ **excessive**[ɪksésɪv] 形 過度的，極端的

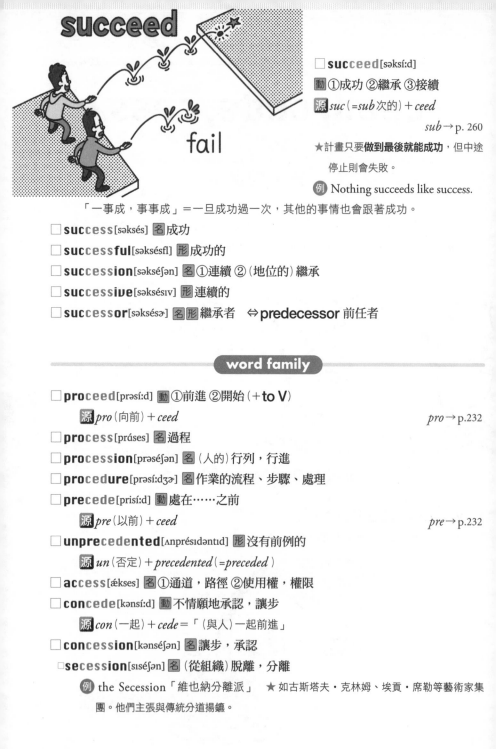

succeed

☐ **succeed**[səksí:d]
動①成功 ②繼承 ③接續
源 *suc*(=*sub* 次的)＋*ceed*

sub→ p. 260

★計畫只要**做到最後就能成功**，但中途
停止則會失敗。

例 Nothing succeeds like success.

「一事成，事事成」＝一旦成功過一次，其他的事情也會跟著成功。

☐ **success**[səksés] 名 成功

☐ **successful**[səksésfl] 形 成功的

☐ **succession**[səkséʃən] 名①連續 ②（地位的）繼承

☐ **successive**[səksésɪv] 形 連續的

☐ **successor**[səksésə] 名形 繼承者　⇔**predecessor** 前任者

---

word family

☐ **proceed**[prəsí:d] 動①前進 ②開始（＋**to V**）
源 *pro*（向前）＋*ceed*

pro→ p.232

☐ **process**[práses] 名 過程

☐ **procession**[prəséʃən] 名（人的）行列，行進

☐ **procedure**[prəsí:dʒə] 名 作業的流程、步驟、處理

☐ **precede**[prisí:d] 動 處在……之前
源 *pre*（以前）＋*ceed*

pre→ p.232

☐ **unprecedented**[ʌnprésɪdəntɪd] 形 沒有前例的
源 *un*（否定）＋*precedented*（=*preceded*）

☐ **access**[ǽkses] 名①通道，路徑 ②使用權，權限

☐ **concede**[kənsí:d] 動 不情願地承認，讓步
源 *con*（一起）＋*cede*＝「（與人）一起前進」

☐ **concession**[kənséʃən] 名 讓步，承認

☐ **secession**[sɪséʃən] 名（從組織）脫離，分離

例 the Secession「維也納分離派」　★如古斯塔夫・克林姆、埃貢・席勒等藝術家集
團。他們主張與傳統分道揚鑣。

ceive, cept, cap(t), cipate

取，納

ceive 和 *cept* 兩者都是源自拉丁語的 capere「**取**」。accept「接受」、receive「收取」這兩個字也是源自於此。*cap* (*t*)、*cipate* 也是字義幾乎相同的字根。

perceive

☐ **perceive** [pərsíːv] 動 認識，察覺

　　源 *per*（完全地，將全體～）＋ *ceive*＝「捕捉對象整體」

☐ **perception** [pərsépʃən] 名 知覺，認識

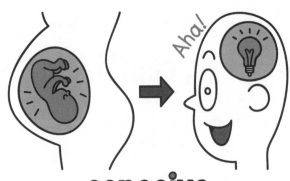

conceive

- [ ] **conceive**[kənsíːv] 動①想到，抱有（某想法）②懷（孩子）
  - ★「將孩子納入（子宮）＝懷孕」的用法後來發展出「在腦中孕育（想法）」的意思。
- [ ] **conception**[kənsépʃən] 名①思考，構思 ②懷孕
- [ ] **contraception**[kàntrəsépʃən] 名避孕
  - 源 *contra*（=against）+ *conception*
- [ ] **concept**[kánsept] 名概念

exception

- [ ] **exception**[ɪksépʃən] 名例外
  - 源 *ex*（向外）+ *cept*＝「被取出」
  - ★將不符合原則之物排**除**的概念。
  - norm 是「原則，通則」的意思，是 exception 的反義詞。
- [ ] **except**[ɪksépt] 介接 除了
  - ★語源與 exception 相同。

word family

- [ ] **deceive**[dɪsíːv] 動欺騙 名 deception, deceit
  - 源 *de*（遠離）+ *ceive*＝「（欺瞞以）奪取」
- [ ] **capture**[kǽptʃɚ] 動捕捉，吸引（芳心等）
- [ ] **capacity**[kəpǽsəti] 名①承載力，限額 ②能力（ability）
- [ ] **participate**[pɑətísəpèit] 動參加（＋in～）=take part
  - 源 *part*（職責）+ *cipate*（=take）

128

centr

中心

帶有 center 意義的字根。英文中有很多～*centric* 字形的形容詞。

☐**egocentric**[ì:gouséntrɪk] 形 自我中心的（＝**selfish, self-centered**）

　　源 *ego*（自己）＋ *centric*

　　★一個字加～*centric* 就是「～中心的」的形容詞。

☐**ethnocentric**[èθnouséntrɪk] 形 民族中心主義的

　　源 *ethno*（民族）＋ *centric*

☐**anthropocentric**[æ̀nθrəpouséntrɪk] 形 人類中心主義的

　　源 *anthropo*（人類的）＋ *centric*

☐**heliocentric**[hì:liouséntrɪk] 形 以太陽為中心的

　　源 *helio*（太陽）＋ *centric*　⇔ **geocentric**→p.182

□ **concentrate**[kɑ́nsəntrèit]

　動 集中

　　　源 *con*（=together）+ *centr*

□ **concentric**[kənséntrik]

　形 具有相同中心

　　　例 concentric circles「同心圓」

□ **eccentric**[ɪkséntrɪk] 形 奇怪的，與眾不同的

　　　源 *ec*（=*ex* 外）+ *centr* =「遠離中心的」→「奇怪」

word family

□ **central**[séntrəl] 形 最重要的，中心的

◇ **centrifugal force** 「離心力」

　　　源 *centr* + *fugal*（逃）=「試圖從中心逃走」

□ **epicenter**[épəsèntə] 名 震央（震源正上方的地點）

　　　源 *epi*（上）+ *center*

cid, cad, cas

掉落，發生

cid, cad, cas 全部都是拉丁語 cadere「掉落」的變化形。由「**掉落，降下**」延伸出「**偶然發生**」「**發生事情的時候**」等意義。accident 是 *ac*（＝ *ad* 對）＋ *cid*（掉落）＝「降臨在人身上之物」→「意外」的意思。就跟中文裡的「天降橫禍」是一樣的概念。

accident | coincidence

☐ **incident**[ínsɪdənt] 名 事件，發生

　　源 *in*（上面）＋ *cid*（掉落）

☐ **incidence**[ínsɪdəns] 名 發生率，次數

☐ **coincidence**[koʊínsədn̩s] 名 偶然的一致

　　源 *co*（一起）＋ *in* ＋ *cid*

□ **case**[kéɪs] 名①場合，事例 ②事件 ③病例

　　源「從天上掉下來的東西」→「(偶然)發生的事」

□ **casual**[kǽʒuəl] 形①無心的，不注意的 ②偶然的　★②是原始字義

　　源「掉下來」→偶然的

□ **casualty**[kǽʒuəlti] 名被害者，犧牲者

　　源「偶然遭遇事故的人」的意思。

□ **occasion**[əkéɪʒən] 名①場合 ②活動 ③機會

　　源 *oc* (=*ob* 下面) + *cas*

□ **Occident**[άksədn̩t] 名 (**the**+) 西方　⇔**Orient**東方

　　源 *Oc* (下面) + *cid* →「太陽落下的土地」

□ **cascade**[kæskéɪd] 名①瀑布 ②如瀑布般下垂之物

　　源「原意為「下落物」。

□ **cadence**[kéɪdn̩s] 名①(聲音的) 抑揚 ②(音樂) 停止

□ **deciduous**[dɪsídʒuəs] 形 (樹木) 落葉性的

　　源 *de* (下面) + *cid*

cide, cise, sci(s)

切

cide, cise 最初是「**切**」的意思,並發展出「**殺**」的意思。*sci(s)* 也是「**切**」的意思。

☐ **concise**[kənsáɪs]

形 簡潔的,被簡化的

源「(原稿不要的部分)
被砍掉」→「簡潔的」

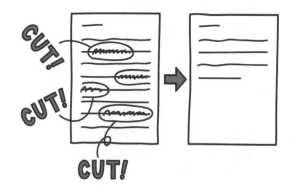

☐ **decide**[dɪsáɪd] 動 下定決心,決斷,決定

★中文的「**決**」和「**斷**」本來也都是「**切**」的意思。

☐ **decision**[dɪsíʒən] 名 決定,決斷

2

語
源
篇

133

字尾加～*cide* 是「殺死～〔的東西〕」之意。

☐ **suicide**[súːəsàɪd] 名 自殺

源 *sui*（自己）＋*cide*

☐ **genocide**[dʒénəsàɪd] 名〈民族〉大屠殺

源 *gen*（全部）＋*cide*

gen → p.179

☐ **homicide**[háməsàɪd] 名 殺人

源 *homo*（人）＋*cide*

☐ **pesticide**[péstəsàɪd] 名 殺蟲劑

源 *pest*（害蟲）＋*cide*

☐ **insecticide**[ɪnséktəsàɪd] 名 殺蟲劑

源 *insect*（昆蟲）＋*cide*

☐ **herbicide**[hɚ́ːbəsàɪd] 名 除草劑

源 *herb*（草）＋*cide*

☐ **infanticide**[ɪnfǽntəsàɪd] 名 殺嬰

源 *infant*（幼兒）＋*cide*

☐ **scissors**[sízɚz] 名 剪刀

☐ **science**[sáɪəns] 名 科

源 原意是「切分對象＝分析」

☐ **schizophrenia**[skìtsoʊfríːniə] 名 思覺失調症

源 *schizo*（=*sci* 切）＋*phrenia*（精神）＝「精神分裂」

專欄 「Ciao！」與斯拉夫人

「Ciao！」是英文中也常常在道別時使用的義大利語，但其實 ciao 這個字變形自義大利語中的 schiavo「奴隸」。換言之 Ciao 原本其實是**我是你的僕人**這個非常自貶的問候語。而再往上追溯，schiavo 就跟英文的 slave 一樣源自拉丁語的 Sclavus「斯拉夫人（英文是 Slav）」。這是因為中世紀時有很多斯拉夫人是奴隸。

circ, circa, circu(m)

周圍，繞轉

circle「圓」的語源。circus「馬戲團」的原始意義也是指圓形的舞台。

circumstance

☐ **circumstance**[sɚ́ːkəmstæns] 名 周圍的狀況，生活狀態

　　★多用複數形。

　　源 *circum*（周圍）＋ *stance*（存在之物） *sta* → p.256

☐ **circumference**[səkʌ́mfərəns] 名 圓周

　　源 *circum* ＋ *fer*（運）

☐ **circuit**[sɚ́ːkət] 名 ①周 ②迴路 ③環狀道路

☐ **circular**[sɚ́ːkjələ] 形 圓的，繞著周圍，循環的

☐ **circulate**[sɚ́ːkjəlèɪt] 動 循環

☐ **circa**[sɚ́:kə] 前 大約（**=about**→p.22, **around**）

　　例 circa1900「1900年前後」

☐ **circumvent**[sɚ̀:kəmvént] 動 繞過，避開〈障礙、法律〉

　　源 *circum*＋*vent*（來）　　　　　　　　　　　　　　　*vent*→p.278

☐ **circumcision**[sɚ̀:kəmsíʒən] 名 割禮

　　源 *circum*＋*cision*（切）　　　　　　　　　　　　　　*cise*→p.133

☐ **circadian**[səkéɪdiən] 形 以一天為周期的，晝夜節律的

　　源 *circa*＋*dian*（一天的）

　　例 circadian rhythm「（生理時鐘的）晝夜節律」

☐ **circuitous**[səkjúːɪtəs] 形 繞遠路的

☐ **circumspect**[sɚ́:kəmspèkt] 形 慎重的

　　源 *circum*＋*spect*（看）＝「觀察周圍的狀況」　　　　*spect*→p.254

☐ **circumscribe**[sɚ́:kəmkràɪb] 動 限制，圈住

　　源 *circum*＋*scribe*（畫）

☐ **circumlocution**[sɚ́:kəmloʊkjùːʃən] 名 拐彎抹角的說法

　　源 *circum*＋*locution*（話）

專欄　宇宙與花與化妝品

為什麼cosmos會有「**宇宙**」跟植物的「**大波斯菊**」兩種看似毫無關係的意思呢？其實這個字的起源是希臘語的kosmos「**秩序**」，然後才又生出cosmos「（有秩序的）宇宙」這個意思。至於花名則是源自西班牙傳教士在墨西哥發現這種花時，有感於這種花的花形非常整齊，才給了cosmos這個名字。另一方面cosmetics「**化妝品**」這個詞也同樣來自cosmos。其演化的路徑是「**秩序→整齊→化妝**」。

cl

緊黏，固定

cl 大多用於具有「緊黏，固定，聚集」之意的單字。

□ **cling**[klíŋ] 動 攀，黏，執著於（＋**to**）

□ **cluster**[klʌ́stɚ] 名 (人、物的)集合，團，星團

　　★在相同地點產生的感染者集團也叫 cluster。

□ **clot**[klát] 名 (鮮血等的)凝塊 動 凝固，使固定

□ **clod**[klád] 名 (土壤等的)凝塊

□ **clutch**[klʌ́tʃ] 動 握，抓

□ **clench**[kléntʃ] 動 咬〈牙〉，握〈手〉

　　例 clench my fists「握拳」

□ **clinch**[klíntʃ] 動 ①分出〈比賽、辯論等的〉勝負，固定

　　②抱緊　★全集中抱住對手的舉動也叫 clinch。

　　源 clench 的變形

□ **clasp**[klǽsp] 動 ①握緊 ②抱緊

□ **clip**[klíp] 名 夾子，迴紋針

clin, clim

傾斜

clin 是「**傾斜，彎曲**」的意思。躺椅的英文 recliner 中的 recline 就是 *re*（=back）+ *clin*「向後傾倒」的意思。

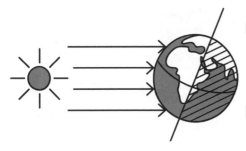

□**climate**[kláɪmət] 名 氣候

★「氣候」是因**地軸的傾斜**導致不同時地日照角度的變化差異所產生。

◇**climate change**「氣候變遷」

□**acclimated**[ǽkləmèɪt]

形 習慣〈狀況或氣候〉

□**decline**[dɪkláɪn] 動 ①下降，減少 ②（鄭重地）拒絕

源 *de*（向下，遠離）+ *cline*

★①是圖表中趨勢下降的意象，②是身體退後傾斜，閃避對方的意象。

□ **incline**[ɪnkláɪn] 動 使傾斜，
使〈人〉傾向於

★常使用下面的句型。

◇**be inclined to V**
「感覺想做V，有做V的傾向」」
源 「傾向V（行為）」

clude, cluse, clause, close

閉

close「關閉」的語源也發源於此。並由「關閉」的意思發展出「閉門不出」、「結束」等意義。

□ **clause**[klɔ́:z] 名（文法用語）子句

★文章中具有基本句子結構（S＋V）的**封閉部分**就叫clause（字句）。

clause

I think he loves you.

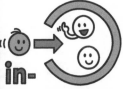

□ **include**[ɪnklú:d]
動 包含～

□ **exclude**[ɪksklú:d]
動 排除～，排斥

★ include 是把外面的東西鎖進裡面，exclude 是把裡面的東西趕出後關在外面。

◇**exclusive economic zone**（EEZ）「排他性的經濟海域」

□**preclude**[prɪklúːd] 動 提前預防～，妨礙　=prevent

   ★*pre*（之前）＋*clude*（關〔門等〕）防止進入的意象。　　　　　*pre*→p.232

word family

□**conclude**[kənklúːd] 動 結束，得出結論

   源 *con*（完全的）＋*clude*　　　　　　　　　　　　　*con*→p.141

□**conclusion**[kənklúːʒən] 名 結論，總結

□**secluded**[sɪklúːdɪd] 形 隱居的，與世隔絕的

   源 *se*（遠離）＋*clude*（關閉）　　　　　　　　　　　*se*→p.248

□**recluse**[rékluːs] 名 喜歡孤獨的人，隱士

□**claustrophobia**[klɔ̀ːstrəfóʊbiə] 名 幽閉恐懼症

   源 *claustro*（封閉的場所）＋*phobia*（恐懼症）

con, co, com, col, cor

一起 (with, together)

源自拉丁語的*com*「一起，共同」。與 with（→p.107）相似，這個字根的詞語雖然很多有「**共同，共通、協力，共感**」的意思，但有「**對立，爭執，衝突**」之意的詞彙也同樣不少。而這兩種意思在表達兩個以上的事物同時參與的狀況上是相同的。另外，這幾個字根也延伸出用來表達眾多事物聚集在一起的「**構成，構築**」和「**接觸，混合**」、「**混亂，複雜**」系的詞彙。*con* 會隨著所接的文字而如下變形：*co*＋母音字：*com*＋b, m, p：*col*＋l：*cor*＋r 另外，具有「**針對，反抗**」之意的 *contra*、*counter* 也是從 *con* 派生而來。而代表「反對意見」的 con 就是 *contra* 的縮寫。

2

語

源

篇

●共同，共通，協力，共感

companion

□ **common**[kámən] 形 ①共同的 ②普通的

□ **community**[kəmjú:nəti] 名 共同體，社群

　　★語源跟 common 相同。

□ **cooperation**[koʊàpəréɪʃən] 名 協力

　　源 *co*＋operation（作業）

□ **collaboration**[kəlæbəréɪʃən] 名 共同作業，合作

　　源 *col*＋labor（工作）

☐ **coworker**[kóʊwɚ:kɚ] 名 工作夥伴

☐ **company**[kámpəni] 名①公司 ②夥伴

☐ **companion**[kəmpǽnjən] 名夥伴，同伴

　　源 *com* + *pan*（麵包）＝一起吃麵包的人

☐ **consent**[kənsént] 名 許可，同意 動同意（＋**to**）

　　源 *con* + *sent*（=sense 感覺）

☐ **consensus**[kənsénsəs] 名共識　★與 consent 同語源。

☐ **compassion**[kəmpǽʃən] 名同情

　　源 *com* + *passion*（痛苦）＝「一起痛苦」　　　　　　*passi*→p.219

☐ **condolences**[kəndóʊləns] 名 不甘心（的言語）

　　源 *con* + *dole*（悲傷）

● **對立，爭執，衝突**

☐ **conflict**[kánflɪkt] 名紛爭，對立

　　源 *con* + *flict*（打）＝「互相毆打」

☐ **contest**[kántest] 名競爭，論爭，競賽

☐ **contend**[kənténd] 動爭執，爭論，主張

☐ **confront**[kənfrʌ́nt] 動①（問題）阻擋〈在人的面前〉（=**face**）

　　源 *con* + front（額）＝「用額頭朝向」

☐ **compete**[kəmpíːt] 名競爭

　　源 *com* + *pete*（求）　　　　　　　　　　　　　　　*pete*→p.225

●構成，構築

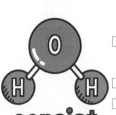

◇A consist of B「A是B組成的」

◇A comprise B「①A是B組成的 ②A組成了B」

□**construction**[kənstrʌ́kʃən] 名建設，構造，構文

源 *con* + *struct*（堆積） ⇔**destruction** 破壞

□**constitute**[kánstətəjə̀u:t] 動構成　　　　　　*stitute* → p.256

□**component**[kəmpóunənt] 名構成要素，零件　*pose* → p.229

●接觸，混合，汙染

□**contact**[kántækt/kəntǽkt] 名接觸，聯絡 動聯絡

源 *con* + *tact*（碰）

例 close contact「(與感染者)密集接觸(者)，密切的關係」

□**contamination**[kəntæ̀mənéıʃən] 名汙染

源 *con* + *tami*（碰）

□**decontamination**[dì:kəntæ̀mənéıʃən] 名淨化（輻射線等）

□**contagious**[kəntéıdʒəs] 形接觸傳染的

源 *con* + *tagi*（碰）

●混亂，複雜

□**confuse**[kənfjú:z] 動使〈人〉混亂，混同　　　　*fuse* → p.177

□**confound**[kɑnfáund] 動使〈人〉混亂

源 *con* + *found*（注入）

□**complicated**[kámpləkèıtıd] 形複雜的

源 *com* + *plic*（疊）=「重合」

★與**complex**同語源。　　　　　　　　　　*pli* → p.226

另外也有很多表示「統合，壓縮」的詞彙

□**compact**[kəmpǽkt] 形緊實的，小型的

□**compress**[kəmprés] 動壓縮　　　　　　　　　*press* → p.236

□**condense**[kəndéns] 動濃縮 (dense=濃)

□**concentrate**[kánsəntrèıt] 動集中　　　　　　*centr* → p.129

cord

心臟，心，中心

cord 源自拉丁語的 cor「心臟，心」。另外也可作「中心」的意思。英文的 heart 也有「心臟，心，中心」的意思。表示心臟的中文象形文字「心」也有完全相同的三種意義。希臘語的 *cardio*「心臟的」也與 *cord* 同源。

□ **accord**[əkɔ́əd] 名① (國與國的) 協議
　　　②一致，和諧　⇔ **discord** 不一致，不和
　源 ac (=ad=to 對) + cord (心) =「(將心) 與心結合」
　◇**according to A**「根據A」
　◇**in accordance with A**「配合A」

□ **concord**[kánkɔəd] 名一致，協定，和諧
　源 con (一起) + cord =「同心」

□ **record**[rékəd] 名紀錄 動記錄
　源 re (再次) + cord　★原本是 remember 的意思。

□ **cordial**[kɔ́ədʒəl] 形衷心的

□ **core**[kɔ́ə] 名核心，中心

□ **courage**[kə́:rɪdʒ] 名勇氣
　源 cour (cor 的變形)　★heart 也有「勇氣」的意思。

□ **cardiac**[kɑ́ədiæk] 形心臟的
　例 cardiac arrest「心跳停止」

144

cre

生，成長

源自拉丁語的 creare「生」和 crescere「育」。音樂術語 crescendo「漸強」的語源也是這個字。另外也可寫成 creat、crease。

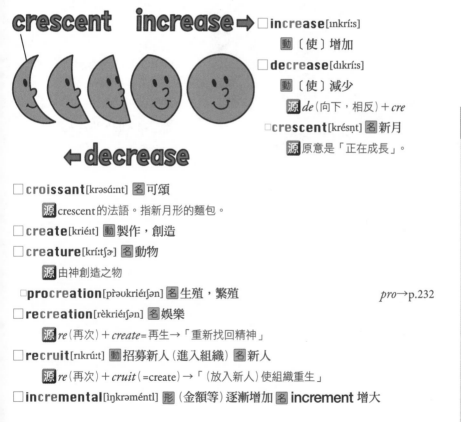

☐ **increase** [ɪnkríːs]
　動〔使〕增加
☐ **decrease** [dɪkríːs]
　動〔使〕減少
　源 *de*（向下，相反）+ *cre*
☐ **crescent** [krésṇt] 名 新月
　源 原意是「正在成長」。

☐ **croissant** [krəsáːnt] 名 可頌
　源 crescent 的法語。指新月形的麵包。
☐ **create** [kriéɪt] 動 製作，創造
☐ **creature** [kríːtʃə] 名 動物
　源 由神創造之物
☐ **procreation** [pròʊkriéɪʃən] 名 生殖，繁殖　　　　*pro*→p.232
☐ **recreation** [rèkriéɪʃən] 名 娛樂
　源 *re*（再次）+ *create*＝再生→「重新找回精神」
☐ **recruit** [rɪkrúːt] 動 招募新人（進入組織）名 新人
　源 *re*（再次）+ *cruit*（＝create）→「（放入新人）使組織重生」
☐ **incremental** [ìŋkrəméntl] 形（金額等）逐漸增加 名 increment 增大

cris, crit, cern, etc

決定，判斷，區別

由「選拔」這個意思發展出「決定，判斷」之意。*cern* 的語源也是這個。

□ **crisis**[kráɪsɪs] 名危機
　　源「決定命運時，命運的分歧
　　　點」
□ **critic**[krítɪk] 名批評者，評論家
　　源「決定（善惡）的人」
□ **critical**[krítɪkl]
　　形①重大的，決定生死的
　　　②批評的，批判的

word family

□ **criticize**[krítəsàɪz] 動批判
□ **criteria**[kraɪtíərɪə] 名判准　★ 多以此形（複數形）存在。單數形為 **criterion**。
□ **certain**[sə́ːtn̩] 形確定的
　　源原意是「被決定的」。
□ **discern**[dɪsə́ːn] 動識別
　　源 *dis*（分）＋ *cern*（篩選）
□ **discreet**[dɪskríːt] 形慎重的，深思熟慮的
　　★原本是 discern 的過去分詞。
□ **decree**[dɪkríː] 名法令，判決 動裁定，下達判決

cruci

十字架，折磨

源自拉丁語的crux（＝cross）。cross「十字架」使人聯想到耶穌基督的受難，故延伸出苦痛和困難的意思。

crucial

☐ **crucial**[krúːʃl] 形 ①重大的，決定性的 ②不可或缺的

　　源 原意是「十字形的」。發展自站在十字路口前苦惱不知該選擇哪條路的意象。

☐ **crucifixion**[krùːsəfíkʃən] 名 釘在十字架上的刑罰

　　源 *cruci* ＋ fix（固定）

☐ **crucify**[krúːsɪfàɪ] 動 ①釘死 ②嚴厲批判，處罰

　　源 *cruci* ＋ *fy*（＝fix）

☐ **excruciate**[ɪkskrúːʃièɪt] 動 痛苦地折磨

　　源 *ex*（強意）＋ *cruciate*（＝crucify）

☐ **crusade**[kruːséɪd] 名 ①十字軍 ②長期的改革〔反對〕運動

☐ **crux**[krʌ́ks] 名 問題的核心，最大的難點

　　源 原意是「十字架」。

cur

注意，關照

可追溯至拉丁語的 cura「**注意，關照，關心**」。跟 care 不同語源，但在字義的發展上卻很相似。

□ **accurate**[ǽkjərət]
形 正確的
源 a（對）＋ curate（注意）
★ 只要注意就能正確命中。

careful　accurate

□ **cure**[kjúə] 動 治療 名 治療法
□ **secure**[sɪkjúə] 形 安全的 名 **security** 安全，治安
源 se（遠離的）＋ cure →「不需要關心」
□ **sure**[ʃúə] 形 確信的 ★ secure 的變形。
□ **curator**[kjʊəréɪtə] 名（博物館等的）館長，監護人
源「加以關照的人」的意思。
□ **manicure**[mǽnəkjʊə] 名 修指甲
源 mani（手）＋ cure
manu → p.205
□ **pedicure**[pédɪkjʊə] 名 修腳
源 pedi（腳）＋ cure
ped → p.221
□ **curious**[kjúəriəs] 形 ①好奇的 ②奇妙的
源（對事物）予以關注 →「想知道」

148

cur(s), course

跑，流

跟 run 一樣同時具有「跑」、「流」兩種意思。car、career、carry 等字原本的語源也都是「跑」。corridor「走廊」的 corri 也是同一語源，原本是「跑步的地方」之意。明明現代學校的走廊是禁止奔跑的……。

□ **currency**[kə́:rənsi] 名 貨幣
★貨幣是在人與人之間「流通」的東西。
◇ **virtual currency**「虛擬貨幣」

□ **current**[kə́:rənt] 名 水流，電流
形 現在的（＝當今正在流通）
◇ **direct current**「直流」=DC
◇ **alternating current**「交流」=AC

□ **incur**[ɪnkə́:] 動 招來損害、危險，承受
源 *in*（向內）＋*cur*（跑）＝「危險跑進來」的意象。
例 incur a loss「蒙受損失」

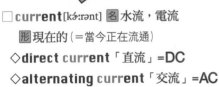

☐ **recourse**[rí:kɔəs] 名 依靠，可依賴的東西

源 *re*(=back)＋*course*＝「跑回去的場所」

★小孩子遇到危險時跑回母親身邊的意象。run to 也有「依賴」的意思。

cf. resort→p. 90

word family

☐ **course**[kɔəs] 名 ①進路，跑道 ②講座，學習課程

源 「跑道」→「學問之路」

☐ **curriculum**[kəríkjələm] 名 學校的學習課程

源 跟 course 一樣原本是「跑道」的意思。

☐ **extracurricular**[èkstrəkəríkjulə] 形 (學校的)正式課程以外的，課外的

源 *extra*(=ex 外)＋*curriculum* 的形容詞形

◇**extracurricular activities**「課外活動」

☐ **cursor**[kə́:sə] 名 游標

★原意是「跑動之物」

☐**cursory**[kə́:səri] 形 快速的，草率的

★原意是「奔跑」。

例 give a cursory glance「快速瞄一眼」

☐ **concourse**[kánkɔəs] 名 (車站等的)中央大廳，大堂

源 *con*(聚集)＋*course*(水流)＝原意是「會合、集合地點」

☐ **precursor**[prɪkə́:sə] 名 先驅者 (**forerunner**)，前導

源 *pre*(前)＋*cursor*(跑動之物)

pre→p.232

cuse, cause

原因，責任

「原因」、「責任」的意思。因為身為事故原因的人具有責任，所以這兩個意思很相近。cause 是「原因，引起」的意思，語源與 because 相同。

☐ **accuse**[əkjú:z] 動 責備，控訴

源 *ac* (=*ad* 對) + *cuse* ((追究) 責任)

☐ **excuse**[ɪkskjú:z] 動 原諒

例 excuse oneself「為自己找藉口」

源 *ex* (外面) + *cuse* (責任) =「卸除責任」　　　　　　　　　*ex* → p.163

word family

☐ **inexcusable**[ìnɪkskjú:zəbl] 形 沒有辯解的餘地

◇ **causal relationship**「因果關係」

demo

人們，地區

源自希臘語demos「人們」，後延伸出「人們居住的地區」之意。

- [ ] **democracy**[dɪmɔ́krəsi]
    - 名 民主主義，民主政治
    - 源 *demo*（人們的）＋*cracy*（政治）
- [ ] **demographics**[dèməgrǽfɪks]
    - 名 人口統計
    - 源 *demo*＋*graph*（紀錄）

- [ ] **endemic**[endémɪk] 形名 風土病，特定地區的（疾病）
    - 源 *en*（中）＋*demo*（地區）
- [ ] **epidemic**[èpədémɪk] 名形 疾病的（廣範圍）流行
    - 例 AIDS epidemic「愛滋病流行」
    - 源 *epi*（上）＋*demo*（地區）
- [ ] **pandemic**[pændémɪk] 名 疾病的世界性流行
    - ★epidemic在全球發生。
    - 源 *pan*（全部的）＋*demo*（地區）

dia

筆直橫越，通過

有「**筆直橫越**（**across**）」、「**通過**（**through**）」的意思，後發展出「**全部，完全地**」的意義。同樣的發展路徑也發生在 across 和 through 這兩個字上。 *across* → p. 24

☐ **diameter**[daɪǽmətə] 名 直徑

　　源 *dia* + *meter*（測量）

☐ **diagonal**[daɪǽgənl] 對角線的

　　源 *dia* + *gon*（角）　cf. *penta*（5）+ *gon* =「五角形」

☐ **diarrhea**[dàɪəríːə] 名 下痢

　　源 *dia*（=through）+ *rrhea*（流）=
　　「直接通過身體流出」

☐ **diabetes**[dàɪəbíːtəs] 名 糖尿病

　　源 *dia*（=through）+ *betes*（=go）=
　　「（糖從）尿液流出」

word family

☐ **dialogue**[dáɪəlɔ̀(ː)g] 名 對話，繪畫

　　源 *dia*（=across）+ *logue*（說）=「與對方說話」

　　★與 get A across「讓對方了解A（想法）」的概念相近。

☐ **diagnosis**[dàɪɪgnóʊsəs] 名 診斷

　　源 *dia*（完全地）+ *gnosis*（知）=「完全知道（疾病）」

☐ **diachronic**[dàɪəkránɪk] 形 歷時的 ⇔ **synchronic** 同步的

　　源 *dia*（=through）+ *chronic*（時間的）

☐ **diaphragm**[dáɪəfræ̀m] 名 橫膈膜

　　源 *dia* + *phragm*（橫切）=「橫切過胸部」

dict

說，言詞

dict 當動詞是「說」，當名詞是「言詞」的意思。而 dictionary 就是蒐集了言詞的東西。

☐ **dictate**[díkteɪt]
動①要求，決定
　　②使書寫
☐ **dictator**[díkteɪtɚ] 名獨裁者
　　★「口述命令使其他人書寫」的意思

---

word family

☐ **predict**[prɪdíkt] 動預言，預測 名 **prediction** 予言
　　源 *pre*（提前）＋ *dict*
　　　　　　　　　　　　　　　　　　　　　　　　pre→ p.232
☐ **contradict**[kàntrədíkt] 動①與～矛盾 ②對～提出反論
　　名 **contradiction** 反對
　　源 *contra*（=against）＋ *dict* ＝「表達反對的話」
☐ **verdict**[vɚ́ːdɪkt] 名（陪審團提出的）判決
　　源 *ver*（真的）＋ *dict*（言詞）　cf. **very** 形真正的，**verify** 動證明
☐ **diction**[díkʃən] 名用詞，說法
　　★dictionary 是 *diction*（言詞）＋ *ary*（儲藏庫）的意思。
☐ **dictum**[díktəm] 名格言
☐ **ditto**[dítou] 名與之前相同，同上
　　★源自義大利語的 dire「說」的過去分詞 detto「（已經）說過的」。與 *dict* 同語源。

154

dis, di

遠離，拿走，否定

由「**遠離，拿走**」等意義延伸出否定、反對的意思。另，*de* 也有分離或除去的意思。

● 拿走→揭露

☐ **discover**[dɪskʌ́vɚ] 動 發現

　　源 *dis* ＋ *cover* ＝「拿走覆蓋物」

☐ **disclose**[dɪsklóuz] 動 揭露，發表

　　源 *dis*(逆) ＋ *close*(關) ＝「打開」

☐ **disappoint**[dìsəpóɪnt] 動 使失望

　　源 *dis* ＋ *appoint*(任命) ＝「取消任命」→「使失望」。

□ **dis**appointing[dìsəpɔ́ıntıŋ] 形 不符期待的

□ **dis**appointed[dìsəpɔ́ıntıd] 形 令人失望的

□ **dis**courage[dıskə́:rıdʒ]

　　動①使失望 ②阻止，抑制　⇔encourage

●遠離→區別

□ **dis**tinguish[dıstíŋgwıʃ]

　　動 區別

　　　★「切離」→「區別」

□ **dis**tinct[dıstíŋkt]

　　形 非常不同的，明瞭的

　　　★原本是distinguish的過去分詞

□ **dis**crete[dıskrí:t]

　　形 不同的，無關的

　　□ **dis**crepancy[dıskrépṇsi] 名 出入，差異

□ **dif**fer[dífə] 動 與～不同

□ **dis**criminate[dıskrímənèıt] 動 區分

●遠離→延伸

□ **dis**tribute[dıstríbju(:)t]

　　動 分配，分發

　　源 dis + tribute（給予）

　　　★老師讓講義**遠離**自己並給予其他人的意象。

□ **dis**perse[dıspə́:s]

　　動 分散（=scatter），驅散

　　源 dis（遠離）+ perse（散）

　　　cf. diffuse→p.178

●丟，放出

□ **dis**card[diská:rd]

動 丟棄〈不要的東西〉

源 *dis* + *card*（撲克牌）

★延伸自「把〈不要的牌〉丟掉」之意。

◇ **dis**pose of A

「丟掉、處分A」

□ **dis**charge[dıstʃáɚdʒ]

動 ①放出，放下〈重負〉

②解雇〔釋放〕〈人〉

□ **dis**burden[dısbɚ́:dn] 動 使卸下重擔

●dis「否定，逆」

□ **dis**honest[dısánəst] 形 不正直的

□ **dis**abled[dıséıbld] 形 身心有障礙的

源 *dis* + *able*（有能力）

□ **dis**gust[dısgʌ́st] 名 厭惡

源 *dis* + *gust*（喜歡）

□ **dis**belief[dìsbılí:f] 名 不信任，懷疑

□ **dis**satisfaction[dìssætəsfǽkʃən] 名 不滿

□ **dis**respect[dìsrıspékt] 名 無禮，不敬

□ **dis**comfort[dıskʌ́mfɚt] 名 不快

□ **dis**appear[dìsəpíɚ] 動 消失（⇔appear）

□ **dis**agree[dìsəgrí:] 動 不同意（⇔agree）

□ **dis**sent[dısént] 動 不同意（⇔consent, assent）

□ **dis**count[dískaʊnt] 動 打折

□ **dis**armament[dısáɚməmənt] 名 縮減軍備（⇔armament）

源 *dis* + *arms*（兵器）

□ **dis**connect[dìskənékt] 動 切離（⇔connect）

□ **dis**continue[dìskəntínju:] 動 中斷，打斷

□ **dis**engage[dìsŋgéıdʒ] 動 解開，解放

dom, domin

家，控制，優越

由拉丁語的domus「家」演變成「（教堂等的）圓頂」之意。*domin*有「家主」的意思，因此演變出「控制」，以及「優越」的意思。俄語中的「家」дом（dom）和義大利語的duomo「教堂（＝神的家）」也是相同語源。 AD→p. 114

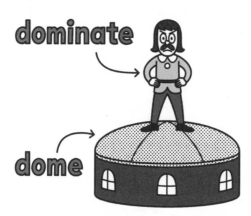

☐ **dome**[dóʊm] 名圓頂

☐ **domestic**[dəméstɪk] 形家庭的

◇ **domestic violence**「家暴（DV）」

　☐ **domicile**[dάməsàɪl] 名①居住地 ②住址

☐ **dominate**[dάmənèɪt] 動支配

☐ **dominant**[dάmənənt] 形支配的，優越的，顯性的

　　名 dominance 優越，支配，顯性

☐ **domain**[doʊméɪn] 名①（學問等的）領域 ②領地

☐ **dominion**[dəmínjən] 名①支配權 ②領地（＝被支配的土地）

duce, duct

拉，抽出，引導

duce, duct 原本是pull「**拉**」的意思，後發展出「**抽出**」以及lead「**引導**」之意。

□ **reduce**[rɪd(j)úːs] 動① 使減少
　② 使改變〈為負面的狀態〉
　　源 *re*(=back) + *duce* =「拉回」
　　→「削減」

□ **reduction**[rɪdʌ́kʃən] 名 削減

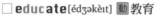

□ **educate**[édʒəkèɪt] 動 教育
　　源 *e*(=ex 向外) + *ducate*(=duce)
　　★原意是「（從人身上）拉出（才能）」

□ **induction**[ɪndʌ́kʃən]
　名 ①歸納　★ 總結個別的資料導出規律。
　　②誘導，誘使
　　源 *in*(向內) + *duct*

induction

□ **induce**[ɪnd(j)úːs]
　動 引發，誘導

□ **deduction**[dɪdʌ́kʃən]
　名 ①演繹，推論　★ 所謂的演繹
　　就是利用規律從個別的案例推導
　　出結論。　②減，扣除
　　源 *de*(從) + *duct*

deduction

□**seduce**[sidjú:s] 動 誘惑
　源 *se*(向遠方)＋*duce*
　　→「誘惑」
□**seductive**[sɪdʌ́ktɪv] 形 魅惑的

□**abduct**[æbdʌ́kt] 動 誘拐（＝**kidnap**）
　源 *ab*(分離)＋*duct*＝「拉走」
　例 alien abduction
　　「被外星人綁架」
□**abductee**[æ̀bdʌktí:]
　名 被（外星人）綁架的人
　源 *abduct*＋*ee*(被)

word family

□**duct**[dʌ́kt] 名 通氣管，(冷氣等的)管線
　源 原意是「引導物」。
□**introduce**[ɪntrədjú:s] 動 ①介紹 ②引進 (採用)
　源 *intro*(向內)＋*duce*
□**produce**[prəd(j)ú:s] 動 生產，製作〈作品〉
　源 *pro*(前)＋*duce*　　　　　　　　　　　　　*pro*→ p.232
□**conductor**[kəndʌ́ktɚ] 名 ①(音樂)指揮者 ②車掌 ③導體(可導電的物質)
　源 *con*(一起)＋*ductor*(引導物)　　　　　　　*con*→ p.141
□**semiconductor**[sèmɪkəndʌ́ktɚ] 名 半導體
　源 *semi*(一半)＋*conductor*(上記③)

equi, equa

相等

equal「相等」，equality「平等」的語源。equal pay for equal work「同工同酬」。

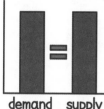

demand　supply

☐ **adequate**[ǽdikwət] 形 (剛好)足夠的

源 *ad*(對)＋*equate*(相等)

★可滿足需求或目的之意。但不是「充分」的意思。常用於small but adequate「麻雀雖小五臟俱全」這種意義。

☐ **equator**[ikwéitər] 名 赤道

源 *equate*(相等)＋*or*(物體)

＝「將(地球)平分之物」

★國名 Ecuador「厄瓜多」就是 equator 的西班牙語。

☐ **equatorial**[ìːkwətɔ́əriəl] 形 赤道的

☐ **equilibrium**[ìːkwəlíbriəm] 名 平衡，(供需等的)均衡

源 *equi*＋*libra*(天秤)＝「天秤左右相等的狀態」

★Libra 是「天秤座」。另外 level「水準，水平的」的語源也是 libra。

□ **equinox**[íːkwənὰks] 名春分，秋分

源 *equi* + *nox*（夜晚）＝「（與白天）等長的夜晚」

★nocturn「**夜曲**」的語源也是nox。

word family

□ **equivalent**[ɪkwívlənt] 名同等之物，相當之物 形同等的

源 *equi* + *valent*（=value 價值的）

□ **equation**[ɪkwéɪʒən] 名方程式（等號兩邊相等的數式）

源 *equate*（相等）的名詞形

□ **equitable**[ékwətəbl] 形公平的（=**fair**），平等對待的

□ **equity**[ékwəti] 名①公平，公正 ②淨資產

□ **equidistant**[ìːkwədístənt] 形等距離的

源 *equi* + *distant*（遠離的）

□ **equivocal**[ɪkwívəkl] 形模稜兩可的（=**ambiguous**），曖昧的

源 *equi* + *vocal*（聲音的）＝「同聲音的」→「難以區別」

□ **equalize**[íːkwəlàɪz] 動使相同（均等），使〈聲音等〉均衡

□ **egalitarian**[ɪgæ̀lɪtéərɪən] 形平等主義的

源 源自 egalite（法語的 equality）

ex, extra

向外，擴散，消失

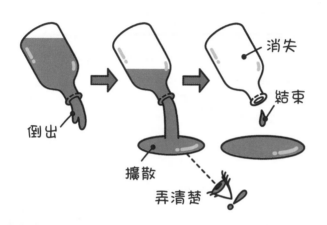

消失

結束

倒出

擴散

弄清楚

從瓶子裡把液體倒出。液體**擴散**。**弄清楚**內容物。然後內容物全部**消失**。都倒出來後則**結束**。一如上述的意象，ex- 的意思由「到外面」→「**擴散（擴大）**」、「**弄清楚（判明）**」、「**消失（消滅）**」→「**完全結束（完成）**」一路發展。這與副詞 out 的字義發展路線十分相似。所以含有 ex- 字首的單字常常可以跟意義相似之 out 的片語互換。

★ ex 可隨後面接的字變化成 ec-、es-、ef-、e-。extra 也有相同的意思。反義詞則是 in-。

→ p.193

●到外面

□ **expense**[ɪkspéns] 名費用，經費
源 ex（出）+ pense（量）
→「量入而出」

□ **expensive**[ɪkspénsɪv] 形高價的

income

expense

2

語

源

篇

☐ **expenditure**[ɪkspéndɪtʃə] 名 支出
☐ **expend**[ɪkspénd] 動 花費〈力氣、時間〉　　★ expense 的動詞形。
☐ **spend**[spénd] 動 花費〈金錢、時間〉
　　　★拿掉 expend[ek] 的音而成的字。

☐ **exit**[égzit] 名 出口 動 出去（≒ go out）
☐ **exotic**[ɪgzátɪk] 形 (國外的→) 外國的，外來的
　☐**emigrate**[éməgrèɪt] 動 (到國外) 移居 ⇔immigrate 移居到國內
☐ **exile**[égzaɪl] 名 驅逐出境(者)，亡命之徒
☐ **exodus**[éksədəs] 名 (向國家、地區之外) 大移動
☐ **excite**[ɪksáɪt] 動 使興奮
　　　源 *ex* + *cite* (呼叫，喚醒) =「喚起感情」

●優於，非凡

☐ **excel**[iksél] 動 優於
　　　源 *ex* (外) + *cel* (聳立)
　　　★表示「優秀，醒目，非凡」的單字，大多都會有 ex。請
　　　　跟 stand out「醒目」，outstanding「優秀的，顯眼」比
　　　　較一下吧。

☐ **extraordinary**[ɪkstrɔ́ədnèəri] 形 非凡的
　　　源 *extra* (=*ex*) + *ordinary* (普通的)
☐ **exceptional**[ɪksépʃnl] 形 特別優秀的，例外的　　　*cept* → p.127
☐ **exquisite**[ɪkskwízɪt] 形 非常優秀的
☐ **enormous**[inɔ́:məs] 形 巨大的
　　　源 *ex* + *norm* (普通) =「非凡的」
☐ **extreme**[ɪkstrí:m] 形 極端的，極限的
　　　源 原意是「最外面的」

☐ **eccentric**[ɪkséntrɪk] 形 古怪的，不普通的

　　源 *ec*（=ex）+ *centr*（中心）   *centr*→ p.129

☐ **extravagant**[ɪkstrǽvəgṇt] 形 過度的，奢靡的

　☐ **exorbitant**[ɪgzɔ́ɚbətṇt] 形（價格等）離譜的

　　源 *ex* + *orbita*（道路，軌道）=「脫離軌道」

●攤開→弄清楚

☐ **explain**[ɪkspléɪn] 動 說明

　　源 *ex*（攤開）+ *plain*（平）

　★跟中文的「有話攤開來講」是相同的意象。

word family

☐ **evident**[évɪdənt] 形 明白的   *vid*→ p.282

☐ **explicit**[ɪksplísɪt] 形 明白的，露骨的   *pli*→ p.226

　☐ **explicate**[éksplɪkèɪt] 動 詳細說明〈概念、意義等〉

　☐ **inexplicable**[ɪnéksplɪkəbḷ] 形 無法說明的

　　源 *in*（否定）+ *explicate* + *able*（可能的）

　☐ **expound**[ɪkspáʊnd] 動 詳細說明〈法律、教義等〉

☐ **expand**[ɪkspǽnd] 動 擴張，展開，詳細描述

●消失，結束

□**exhausted**[igzɔ́:stəd] 形筋疲力盡（≒ tired out, worn out）

源 *ex*（完全地）＋ *hausted*（被使用的）＝「完全用盡」

word family

□**extinguish**[ɪkstíŋgwɪʃ] 動滅〈火〉（≒ put out），使消滅

□**extinct**[ɪkstínkt] 形滅絕的　cf. die out「滅絕」

源 原本是 extinguish 的過去分詞「被消滅的」

□**exterminate**[ɪkstə́:mənèit] 動使滅絕（≒ wipe out）

源 *ex*＋*term*（境界）＝「趕出境界之外」　cf. **eliminate**→p.199, *term*→p.98

□**execute**[éksəkjù:t] 動①履行（≒ carry out）　②將～處刑

源 *ex*＋*secute*（繼續）＝「執行到最後」　　　　　　　*secut*→p.250

fac(t), fect, fy

作，做，作用（＝make）

以上全都是由拉丁語 facere「作，作用，做」變化而來。fact「事實」是其過去分詞，原意是「（已經）完成的事」。其他還有 *fit*、*fici*、*feat* 也是同語源。

☐ **affect**[əfékt] 動 作用於，影響

　源 *af*（＝*ad* 對）＋*fect*（作用）

　　★ 大多用來表示不良的影響。

☐ **effect**[ɪfékt] 名 結果，效果，影響

　　源 *ef*（＝*ex* 外）＋*fect*（作用）→「顯現於外的作用」

　　★ affect 是動詞，effect 是名詞。

◇ **greenhouse effect**「溫室效應」

☐ **efficiency**[ɪfíʃənsi] 名 效率　形 **efficient** 有效率的

　　源 *ef*（＝*ex* 外）＋*fici*（作用）

　　★ 與 effect 同語源。

□ **perfect**[pə́:rfɪkt] 形 完美的，無缺的

　　源 *per*（完全）＋ *fect*（被製作的）

□ **defect**[dí:fekt] 名 缺陷，缺點，障礙

　　源 *de*（否定）＋ *fect* ＝「不完全，缺陷」

□ **defective**[dɪféktɪv] 形 有缺陷的，不完全的

□ **deficiency**[dɪfíʃənsi] 名 缺乏（養分等）

　　源 *de*（否定）＋ *fici* ★與 defect 的組成相同。

◇ **AIDS**（=Acquired Immune Deficiency Syndrome）後天性免疫缺乏症候群」

□ **deficit**[défəsət] 名 ①赤字，負債 ②缺陷

　　源 *de*（否定）＋ *ficit* ★與 defect 的組成相同。

◇ **ADHD**（=Attention-Deficit Hyperactivity Disorder）「注意力不足過動症」

---

word family

□ **infect**[ɪnfékt] 動 感染

　◇ **be infected with A**「感染A」

　　源 *in*（體內）＋ *fect*（作用）

□ **artifact**[á:tifækt] 名 人工製品，（被挖掘出來的）人工遺物

　　源 *arti*（技術）＋ *fact*（被製作之物）

□ **factor**[fǽktɚ] 名 因子　源 *fact*（製作，進行）＋ *or*（物體）

□ **factory**[fǽktəri] 名 工場　源 *fact*（製作）＋ *ory*（地點）

□ **manufacture**[mǽnjəfǽktʃɚ] 動 製造 名 製造

　　源 *manu*（手）＋ *fact*（製作）＝「用手製作」　　　　　*manu*→ p.205

□ **facility**[fəsíləti] 名 ①才能，能力 ②（**facilities**）設備

　　源 *facil*（做→可以，容易的）

□ **faculty**[fǽklti] 名①才能，(身心的)機能 ②學系(的全部教員)　★與facility同語源。

□ **feat**[fíːt] 名偉業，壯舉

　　源「做得(非常順利)的事情」　★與fact同源。

□ **defeat**[dɪfíːt] 動打敗 名敗北

　　源 *de*(分離，否定)＋*feat*＝「妨礙feat」

□ **feature**[fíːtʃə] 名①特徵，特色 ②特別報導 動以～為特色

　　源 *feat*(被製作的)→「結構，特徵」

□ **feasible**[fíːzəbl] 形實行可能的

　　源 *feas*(做)＋*ible*(=able)＝「做得到」

□ **fashion**[fǽʃən] 名流行，型，做法 動塑造

　　源「製作，做法」

●～-(i)*fy*=make～「做～」的動詞數量很多。

□ **amplify**[ǽmplifàɪ] 動擴大，增幅 源 *ample*(廣大，充分)

□ **certify**[sə́ːtəfàɪ] 動證明 源 *cert*(=certain 確定的)

□ **clarify**[klǽrəfàɪ] 動澄清 源 *clar*(=clear)

　□ **dignify**[dígnəfàɪ] 動使受到尊重 源 *dign*(有價值)

　□ **diversify**[daɪvə́ːrsəfàɪ] 動使多樣化

　　　源 *diverse*(多樣的) → p.280

□ **glorify**[glɔ́ːrəfàɪ] 動讚譽，美化 源 *glory*(光榮) → p.183

　□ **humidify**[hjuːmídəfàɪ] 動加濕 源 *humid*(濕)

□ **identify**[aɪdéntəfàɪ] 動將～視為同一，辨認 源 *identi*(相同)

□ **intensify**[inténsəfàɪ] 動加強，激化 源 *intense*(激烈)

□ **justify**[dʒʌ́stəfàɪ] 動正當化 源 *just*(正確)

□ **magnify**[mǽgnəfàɪ] 動擴大 源 *magni*(=magna 大的) → p.204

　□ **pacify**[pǽsəfàɪ] 動鎮靜，壓制 源 *pac*(=peace)

　□ **purify**[pjúərəfàɪ] 動淨化 源 *pure*(純粹的)

□ **satisfy**[sǽtisfàɪ] 動滿足 源 *satis*(充足的)

□ **simplify**[símpləfàɪ] 動單純化 源 *simple*(單純的)

□ **terrify**[térəfàɪ] 動嚇 源 *terror*(恐怖)

　□ **unify**[júːnəfàɪ] 動統一 源 *uni*(一)

□ **verify**[vérəfaɪ] 動證明，確認 源 *veri*(真的)

fl

動作快速

帶有字根 *fl* 的單字，大多都是用來表示如「啪，撲通，啪噠啪噠」等快速動作的詞彙。這與其說是語源，更像一種狀聲字。

□ **flutter**[flʌ́tɚ] 動 振翅，飄動，(葉子等) 飄落

　□ **flit**[flít] 動 輕快地飛

□ **flick**[flík] 動 (用手指) 輕彈

　　★手機上的日文輸入法「フリック入力（Flick 輸入法）」即是源於此字。

□ **flap**[flǽp] 動 振翅，飄動

□ **flip**[flíp] 動 翻

□ **flop**[fláp] 動 重重落下 (跌倒)，啪噠啪噠地動

□ **fling**[flíŋ] 動 投擲，快速地動

□ **flash**[flǽʃ] 動 ①閃爍 ②快速出示 ③突然想到

　名 閃光 ★ 字尾是 *-sh* 的單字如 dash、smash、crash、splash 等，大多用來表示瞬間且劇烈的動作。　　　　crash → p. 43

　□ **flog**[flág] 動 鞭打

flu, flo

流，浮

flow「流動」、float「浮」的語源皆為此字。後從「**流動**」演變出「**快速地動**」，延伸出flee「逃」、fly「飛」等廣大的字族。

□ **affluent**[ǽfluənt] 形 富裕的，豐富的
源 *af*（=*ad* 直到（邊緣））+ *flu*（流）
★將昂貴的葡萄酒毫不吝惜地倒滿杯子的意象。
□ **affluence**[ǽfluəns] 名 富裕，豐富

□ **fluent**[flúːənt] 形 流暢的

★原意是「流動般的」。
□ **fluency**[flúːənsi] 名 流暢

influence

☐ **influence** [ínfluəns] 名 影響

源 *in*（往內）＋*flu*（流）＝「流入」

★外面的事物往內流入，產生影響的意象。

☐ **influenza** [ìnfluénzə] 名 流行性感冒（**=the flu**）

源 influence 的義大利語。因最初古人相信流感是受到星辰的**影響**。

---

word family

☐ **confluence** [kánfluəns] 名 會合

源 *con*（一起）＋*flu*

☐ **flux** [flʌ́ks] 名 流動，不斷的變化

☐ **influx** [ínflʌ̀ks] 名 流入

源 *in*（中）＋*flu*

☐ **fluid** [flú:ɪd] 名 流體（液體和氣體）

☐ **superfluous** [supə́:fluəs] 形 過剩的，多餘的

源 *super*（超越）＋*flu*

☐ **flood** [flʌ́d] 名 洪水

☐ **fleet** [flí:t] 名 艦隊（原意是「漂浮之物→船」）形 快速的

☐ **fleeting** [flí:tɪŋ] 形 剎那間的，快速的

form

形，造形

由 *form*「**形，造形**」衍生出來的詞語很多。譬如 formal「正式的」是「符合形式」，uniform「制服」是「形狀固定為一個（*uni*）」的意思。

□ **conform** [kənfɔ́rm] 動遵守〈習慣、規則等〉，符合

　　例 conform to the rules

　　源 *con*（=together）＋ *form* ＝「（與他者）保持相同的形狀」

□ **conformity** [kənfɔ́rməti] 名適合，服從

2

語

源

篇

□ **form**[fɔ́ɚm] 名形 動塑形

□ **in form**[ɪnfɔ́ɚm] 動通知

源 *in*（向內）＋*form*（塑形）

★把資訊給予他人，在他人的腦中**塑造概念**。

word family

□ **form**ality[fɔɚmǽləti] 名例行公事，莊重

□ **re form**[rɪfɔ́ɚm] 動更新　★不用於房屋等的改裝。

源 *re*（再次）＋*form*　　　　　　　　　　　　　　*re* → p.243

□ **trans form**[trænsfɔ́ɚm] 動變形

源 *trans*（移動）＋*form*　　　　　　　　　　　　*trans* → p.270

□ **de form**ity[dɪfɔ́:miti] 名奇形 形 **deformed** 奇形怪狀的

源 *de*（否定，惡）＋*form*

□ **mal form**ation[mæ̀lfɔɚméɪʃən] 名奇形

源 *mal*（惡）＋*form*　　　　　　　　　　　　　　*mal* → p.121

□ **form**at[fɔ́ɚmæt] 名①構成，計畫 ②書的版型 ③（記憶體的）格式

源 form 的變形。

□ **form**ula[fɔ́ɚmjələ] 名①數式，化學式 ②製法，祕訣 ③慣用語

源 form 的變形。「決定好的形式」之意。

fort, force

強，力量

源自拉丁語的fortis「強」。樂譜上的 *f*「強音（forte）」和星際大戰中的force「**原力**」之語源。

effort

☐ **effort**[éfət] 名努力（+**to V**），奮鬥

　　源 *ef*（=*ex* 向外）+ *fort*（力）=「出力」

☐ **enforce**[enfɔ́ə] 動施行〈法律〉

　　源 *en*（給）+ *force* =「（對法）施力」

☐ **reinforce**[rìːinfɔ́əs] 動加強

　　源 *re*（反覆）+ *inforce*（=enforce）

☐ **forceful**[fɔ́əsfl] 形強硬的

☐ **fort**[fɔ́ət] 名要塞

　　源「強化防禦的場所」之意。

☐ **fortress**[fɔ́ətrəs] 名 (大) 要塞

　☐ **fortify**[fɔ́ətəfàı] 動① 使要塞化 ②增強〈人、感情〉

　☐ **fortitude**[fɔ́ətət(j)ùːd] 名不屈的精神力，勇氣

　　源 *fort* + *itude*（性質）

frag, frac

破碎，分割

源自拉丁語的fragilis「**易碎的**」。由「**打碎**」再發展為「**分割**」→「**一部分**」。

☐ **fragile**[frǽdʒəl] 形 脆弱的

☐ **fragment**[frǽgmənt] 名 碎片

☐ **frail**[fréɪl] 形 (身體) 孱弱的，虛幻的
   源 fragile的古法語形。

☐ **fraction**[frǽkʃən] 名 ①一部分 ②分數

  ☐ **fractal**[frǽktl] 名 形 碎形　★如謝爾賓斯基三角形。
    源 「不管怎麼**分割**形狀都一樣」的意思。

☐ **fracture**[frǽktʃɚ] 名 動 骨折

fuse

融化，融合，注入

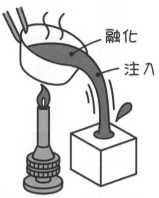

融化

注入

fuse 原本的意思是「**（用熱）融化**」。將兩種金屬**融化**後即可製成**合**金，由此延伸出「**融合**」的意思。另外融化後變成液體這點，則衍生出「**注入**」之意。

□ **infuse**[ɪnfjúːz] 動注入〈思想、力量、藥物〉
源 *in*（向內）+ *fuse*（注入）

□ **confuse**[kənfjúːz]
動使〈人〉混亂，混同
◇ **confuse A with B**
「混同**A**與**B**」
源 *con*（一起）
+ *fuse*（注入）
con → p.141

infuse

with

A   B

?

confuse

□ **re**fuse[rɪfjúːz] 動 拒絕〈邀請、要求等〉

　　源 *re*（反的）＋ *fuse*（注入）＝「倒回」　　　　*re* → p.243　　reject → p.196

□ **re**fusal[rɪfjúːzl] 名 拒絕，辭退

No, Thanks.

refuse

□ **trans**fusion[trænsfjúːʒən] 名 輸血（＝blood transfusion）

　　源 *trans*（移）＋ *fusion*（注）

　　　　　　　　　trans → p.270

□ **fusion**[fjúːʒən]

名 融合，核融合，合體，融合音樂

　（搖滾、爵士的融合）

fusion

★fuse（融合）
　的名詞形。

⇔fission 名 分裂

□ fuse[fjúːz] 動 使融化，使融合，融化

◇ **nuclear fusion**「核融合」

transfusion

word family

□ **dif**fuse[dɪfjúːz] 動 使擴散，使普及

　　源 *di*（遠離、分散）＋ *fuse*（注）＝「散播」

□ **pro**fuse[prəfjúːs] 形 充沛的，慷慨的

　　源 *pro*（向前）＋ *fuse*（流）＝「溢出」

gen

生出，誕生，源頭，一族

拉丁語*gen*的原意是「**生出，誕生**」。由此演變成「**出生相同者＝一族**」，再進而發展為「**高貴的出身**」，與 gentle 和 generous 有關。另外「**全族的**」的意思又演變成「**一般，全部**」之意。當成字尾的 *-gen* 則有「**生出～者，源頭，原始，元素**」等重要的意義。另外，與 *gen* 有著相同意思的古英語字根 *kin*（→p.197）和拉丁語的 *nat*（→p.215）也具有相同的起源。

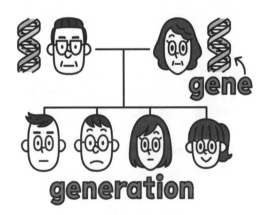

2

語

源

篇

☐ **gene**[dʒíːn] 名 基因

　　源 「生出生物的元素」之意。

☐ **genetic**[dʒənétɪk] 形 基因的

☐ **genotype**[dʒénətàɪp] 名 基因型　　cf. **phenotype** 表型

☐ **generation**[dʒènəréɪʃən]

　　名 ①世代 ②生殖，〈電流等的〉發生

　　源 是「（一同）誕生之物」的意思。

□ **genealogy**[dʒìːniǽlədʒi] 名 家系

□ **progeny**[prάdʒəni] 名 子孫

□ **pregnant**[prégnənt] 形 懷孕的

　　源 *pre*（以前）＋*gn*（=*gen* 誕生）＝「誕生之前」

□ **genius**[dʒíːnjəs] 名 天才

　　源「與生俱來的才能」　★ 也有出生時就跟在身邊的守護靈之意。

□ **genome**[dʒíːnoʊm] 名 基因組（某生物的所有基因）

□ **gender**[dʒéndə] 名 性別

□ **engender**[endʒéndə] 動 產生〈感情、狀況等〉

□ **genital**[dʒénətl] 形 生殖的

□ **eugenics**[juːdʒéniks] 名 優生學

　　源 *eu*（好）＋*gen*

● *gen* ＝「全體的，一般的」

□ **general**[dʒénərəl] 形 一般的，全體的　⇔ **specific**

□ **generic**[dʒənérɪk] 形 一般的，（藥物等）沒有登記商標的

□ **genocide**[dʒénəsàɪd] 名〈種族的〉大屠殺　　　　　*cide*（殺）→ p.133

● *gen* ＝「出身 [家世] 很好→溫柔」

□ **gentle**[dʒéntl] 形 溫柔的，親切的

□ **genteel**[dʒentíːl] 形 有教養的

□ **generous**[dʒénərəs] 形 ①慷慨的 ②豐富的

□ **genial**[dʒíːnjəl] 形 和藹的，親切的

●+*gen*「構成～的物質」

□ **hydrogen**[háɪdrədʒən] 名 氫

    源 *hydro*(水)+*gen*

□ **oxygen**[ɑ́ksədʒən] 名 氧

    源 *oxy*(酸)+*gen*

□ **collagen**[kɑ́lədʒən] 名 膠原

    源 *colla*(膠、糊)+*gen*　cf. collage「拼貼畫」(用糨糊黏→拼貼)

□ **antigen**[ǽntɪdʒən] 名 抗原

    源 *anti*(=antibody 抗體)+*gen*＝「產生抗體的物質」

□ **allergen**[ǽlədʒən] 名 過敏原　　★ 很多人誤寫成過敏「源」。

    源 *aller*(=allergy 過敏)+*gen*

□ **halogen**[hǽlədʒən] 名 鹵素(氯、氟等)

    源 *halo*(鹽)+*gen*

□ **pathogen**[pǽθədʒən] 名 病原體

    源 *patho*(疾病)+*gen*　　　　　　　　　　　　　　*path* → p.219

□ **carcinogen**[kɑɚsínədʒən] 名 致癌物

    源 *carcino*(=cancer 癌)+*gen*

□ **hallucinogen**[həlúːsṇədʒən] 名 致幻物(毒品)

    源 *hallucino*(幻、夢)+*gen*

□ **fibrinogen**[faɪbrínədʒən] 名 纖維蛋白原

    源 *fibri*(=fiber 纖維)+*gen*

2

語

源

篇

geo

地球，土地

源自於希臘語的 ge「**地球，土地，陸地**」。一般約相當於拉丁語的 *terra*
（→ p.266）。

□**geocentric**[dʒìouséntrik] 形 地球中心的，地動說的

　　源 *geo*（地球）＋ *centric*（中心的）　　　　　　　　　*centr*→ p.129

　　⇔ **heliocentric** 太陽中心的（helio 太陽的）

◇**geocentric theory**「地動說」

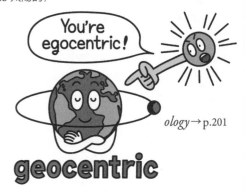

You're egocentric!

ology→ p.201

geocentric

□**geometry**[dʒiámətri] 名 幾何學

　　源 *geo* ＋ *metry*（測量）

□**geology**[dʒiálədʒi] 名 地質學

　　源 *geo* ＋ *ology*（學）

□**geography**[dʒiágrəfi] 名 地理

　　源 *geo* ＋ *graphy*（紀錄）

□**geothermal**[dʒì:əuθə́:ml]

　　形 地熱的

　　源 *geo* ＋ *thermal*（熱的）

專欄　**超級大陸 Pangaea 和 Gaia 理論**

德國的地球科學家 Alfred Wegener 主張現代所有的大陸在古生代時都是同一塊大陸，並將此
大陸命名為 Pangaea「盤古大陸」。這個詞是 pan（全部的）＋ gaea（＝ ge 陸地）結合成的
單字。另一方面，英國科學家 James Lovelock 則主張過「地球是一個像生物一樣的有機系
統」，此理論被稱為蓋亞（Gaia）假說。Gaia 跟 gaea 一樣都是 ge 的變形，也是希臘神話中大
地女神的名字。

gl

明亮

以*gl*起頭的單字多有「**光亮，明亮**」的意思。這個字根的意象就日文的「キラキラ（kirakira）」一樣屬於狀聲詞。glass 和 gold 都是「**閃閃發光的東西**」之意。另外也有很多與**目光**和**觀看行為**有關的詞語。

□**glitter**[glítɚ] 動（像鑽石一樣）閃閃發光
  名光彩

□**glimmer**[glímɚ] 動發出微光
  名微光

□**glare**[gléɚ] 動①閃閃發光 ②瞪
  名刺眼的光

□**glisten**[glísn̩] 動油亮，水亮

□**glow**[glóʊ] 動（炭火等）發光

□**gleam**[glí:m] 動（眼睛、牙齒、水等的反射）發光

□**glint**[glínt] 動（刀子、眼睛等）閃閃發光 名閃爍

□**gloss**[glás] 名（紙、頭髮等）光澤

□**gilded**[gíldɪd] 形鍍金的
  ★gold 的變形。

□**glance**[glǽns|glá:ns] 動名一瞥（＋at）

□**glimpse**[glímps] 動名一瞥

□**glad**[glǽd] 形高興
  源原意是「內心閃耀」

□**glee**[glí:] 名喜悅（對於自己的幸運或他人的不幸）

□**glory**[glɔ́əri] 名光榮

gr

抓

與「**抓握**」有關的單字大多是以 *gr* 為字首。可以理解成是一種擬態、狀聲詞。

☐**grope** [gróup] 動 摸索，探索

☐**grasp** [grǽsp] 動 ① 抓 ② 理解 名 ① 掌握 ② 理解

☐**grab** [grǽb] 動（突然、用力）抓

☐**grip** [gríp] 動 緊握 名 ① 抓法 ② 支配

☐**grapple** [grǽpl] 動 ① 互相抓住 ② 努力解決〈問題〉(**+with**)

gr

碎碎念，咕噥，抱怨

"GRRR" 常被用來當成英文漫畫中狗狗等生物的低吼聲。而與「**不平不滿，不高興**」有關的單字也常常以 *gr* 開頭。這個字根是低聲碎碎念抱怨的意象。grumble 也有「雷聲隆隆」的意思。

- [ ] **grumble**[grámbl] 動 喃喃抱怨（+**about**）
- [ ] **grumpy**[grámpi] 形 愛抱怨的，愛生氣的
- [ ] **grouch**[gráʊtʃ] 名 愛抱怨的人，牢騷

    ★芝麻街（*Sesame Street*）的角色奧斯卡（Oscar）就總說自己是個 grouch

- [ ] **gripe**[gráɪp] 名 動 抱怨（+**about**）
- [ ] **growl**[gráʊl] 動 低吼，低聲說
- [ ] **groan**[gróʊn] 動 呻吟，埋怨
- [ ] **grudge**[grʌdʒ] 名 怨恨，嫌隙 動 吝惜
- [ ] **grim**[grím] 形 ①（表情）猙獰的，可怕的 ②（前景）黯淡的

grat, grac

喜悅

*grat*有「喜悅」和「好意」的意思。與*grace*的起源相同。

grateful

congratulate

□ **congratulate**[kəngrǽtʃəlèɪt]
　動祝福
　　源*con*(一起)＋*grat*(高興)
　◇**Congratulations!**「恭喜」
　　★要注意是複數形。複數形是用來加強語氣。(Many)
　　　Thanks「謝謝」／Best wishes.「祝你好運」／My
　　　apologies.「對不起」／My condolences.「我深感
　　　遺憾」等片語也都是用複數形。
□ **grateful**[gréɪtfl]
　　形感謝(＋**to**人,＋**for**理由)
□ **gratitude**[grǽtət(j)ùːd] 名感謝

□ **gratify**[grǽtəfàɪ] 動使滿足 　　　　　　　　　*fy*→p.167
◇**persona nongrata**「被禁止入國的人」
　源persona(＝person) non(否定)*grata*(高興)＝「不受歡迎的人物」(拉丁語)
□ **gratuitous**[grət(j)úːətəs] 形免費的
　源原意是「使人高興」。
□ **grace**[gréɪs] 名①優雅 ②善意
□ **gracious**[gréɪʃəs] 形溫柔，慈悲

gress, grad

前進，走

語源是拉丁語的gradi「**前進，走**」。「前進」之意名詞化後演變成「**進度，步伐**」的意思。

aggressive

☐ **aggressive** [əgrésɪv] 形 ①攻擊性的 ②積極的

　　源 *ag* (=*ad* 朝) + *gress*

　　★向對方前進的意象。

☐ **aggression** [əgréʃən] 名 攻擊性，攻擊

☐ **progress** 名 [prágres] 動 [prəgrés]　進步，前進

　　源 *pro* (向前) + *gress*

pro → p.232

2

語

源

篇

□ **degree**[dɪgríː] 名①程度，(角度、溫度的)度 ②學位

　　源 進度→程度，學位

□ **graduate**[grǽdʒuèɪt] 動 畢業

　　源 升級後得到 degree。

□ **grade**[gréɪd] 名①階段，等級 ②(小～高)學年

word family

□ **gradation**[greɪdéɪʃən] 名 (顏色等的)階段性變化，漸層

□ **retrograde**[rétrəɡrèɪd] 動 退後，逆行

　　源 *retro*(=*re*=back)+*grade*

□ **transgression**[trænsɡréʃən] 名 違反，(法律、道德上的)犯罪

　　源 *trans*(越過)+*gress*＝「前進超過正常的範圍」　　*trans*→p.270

□ **digression**[daigréʃən] 名 離題，脫節

　　源 *di*(=*dis* 遠離)+*gress*　　*di*→p.155

hap

偶然，命運

源自古諾斯語的hap「**幸運**」，並延伸出「**偶然，命運**」的意思。
happy是由「幸運的」變化成「幸福的」。perhaps是*per*（因～）＋*haps*
（偶然），也就是by chance的意思，後演變成「說不定」之意。happen
則是「（偶然）發生」的意思。

□**haphazard**[hæphǽzəd] 形 無計畫的，隨意的（＋方法等）

　　源 hazard也是「偶然」的意思。

□**mishap**[míshæp] 名 (微小的)厄運，意外

　　源 *mis*（壞）＋*hap*

□**hapless**[hǽpləs] 形 不幸的（＋犧牲者等）

　　源 *hap*（幸運）＋*less*（沒有）

heal, hol, whole

健全的，完全的

health 跟 whole「全體的」同語源，由最初的「**完全**」發展為「健康」的意思。holy「神聖的」也是這個語源，原意是「（如神一般）完美的」。

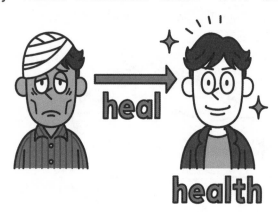

□ **heal**[híːl] 動 〈傷口等〉痊癒，治癒
　　源 原意是「變為完全的狀態」

□ **health**[hélθ] 名 健康（＝完全的狀態）

□ **wholesome**[hóʊlsm̩] 形 ①對健康很好的（=healthy）　②健全的

□ **holistic**[hoʊlístɪk] 形 整體的

□ **holism**[hóʊlìzm̩] 名 整體論　⇔reductionism 還原論

□ **hologram**[háləgræm] 名 全像攝影（將對象**完全**重現的立體影像）
　　源 *holo* ＋ *gram*（描繪之物）

□ **holocaust**[háləkɔ̀ːst] 名 納粹大屠殺，〈戰爭中的〉趕**盡**殺絕，〈火災等的〉大災難
　　源 *holo* ＋ *caust*（燒）＝「燒光」

inter

之間的，相互的，內部的

inter 是具有 between 或 among 意義的字首。由此衍生出「**互相**」的意思，並由插入中間的意義延伸出「**阻擾**」、「**中斷**」等含意。the Internet 原本也是「串聯許多 network」的意思。

● ～之間的，相互的

□ **interstellar** [ìntəˈstélə] 形 星際的
　　源 *inter* + *stellar*（星星的）

□ **intercontinental** [ìntəˌkàntənéntl] 形 大陸間的

◇ **intercontinental ballistic missle**「洲際彈道飛彈（ICBM）」

□ **Internet** [íntənèt] 名 網際網路
　　（「network 之間的 network」的意思）

□ **interaction** [ìntəˈrækʃən] 名 ①〈人與人之間的〉交流，溝通
　　② 相互作用
　　源 *inter* + *action*（行為、作用）

□ **interbreed** [ìntəˈbréd] 動 使交配，雜交
　　源 *inter* + *breed*（使繁殖）

□ **intercede** [ìntəˈsíːd] 動 仲裁（＋**with**）
　　源 *inter* + *cede*（=go）=「進入中間」　　*cede* → p.125

□ **intercollegiate** [ìntəˈkəlíːdʒət] 形 大學間〔對抗〕的

□ **intercom** [íntəˌkàm] 名 對講機
　　源 *inter* + *communication* 的簡寫。　★極少講 interphone。

□ **intercourse**[íntəkɔ̀əs] 名①性交 ②交流

  源 *inter* + *course*（跑）＝「互相往來」

□ **interface**[íntəfèɪs] 名介面（連接不同物質的系統或裝置）

  源 *inter* + *face*（面對）＝「兩個系統相接之處」

□ **interim**[íntərəm] 形暫時的，臨時的

 □ **interlude**[íntəlù:d] 名①插曲 ②間奏曲

  源 *inter* + *lude*（=play, 戲劇、演奏）

□ **intermittent**[ìntəmítənt] 形間歇的

 □ **intermission**[ìntəmíʃən] 名（活動之間的）休息，中斷

□ **interval**[íntəvl] 名間隔

  源 *inter* + *val*（隔壁）＝「牆與牆之間的距離」

□ **interracial**[ìntəréɪʃəl] 形不同人種間的

  源 *inter* + *race*（人種）

●進入之間→妨礙，介入

□ **interfere**[ìntəfíə] 動干涉，妨礙

  源 *inter* + *fer*（打）

□ **interferon**[ìntəfí:ərɑn] 名干擾素（妨礙病毒增生的物質）

  源「會 interfere 的物質」之意。

□ **interrupt**[ìntərʌ́pt] 動妨礙，打斷

  源 *inter* + *rupt*（打破，破壞）

□ **intercept**[ìntəsépt] 動①攔截

  ②〈在途中對敵機〉迎擊

  源 *inter* + *cept*（取） *cept*→ p.127

□ **intervention**[ìntəvénʃən] 名介入，仲裁

  源 *inter* + *vent*（來）＝「來到兩物之間」 *vent*→ p. 278

in, en

在內，放入，使

源自拉丁語的前置詞in「在～之中」。法語變化為en。後由「在～之中」演變為「放入」，又進而發展出「給予」的意思。接在名詞前可形成帶有「將～注入」→「將～給予，使變為～的狀態」之意的動詞。接形容詞則可形成帶有「放入～的狀態」→「使變為～的狀態」之意的動詞。由於拉丁語的in也具有英文的on的意思，所以也有很多具有「在上」意義的in詞（例impose→p.229）。in若接在m、b、p之前則會變形為im。

● *in*「向內」

inspire

□ **inspire**[ɪnspáɪə] 勔使〈人〉產生動力，鼓勵，
激發想法、感情等
　　源 *in* + *spire*（氣息）＝「鼓吹」

□ **inhale**[ɪnhéɪl] 勔吸氣
　　源 *in* + *hale*（呼吸）　⇔exhale

□ **inbound**[ínbàʊnd]
　　形（移動，乘坐物等）向國內的，向地區內的
　　源 *in* + *bound*（朝）

influence, influx→p.172　　include→p.139

● *en* ＋名詞＝「將～給予」

□ **encourage**[enkə́:rɪdʒ] 勔鼓勵，督促
　　源 *en* + *courage*（勇氣）＝「給予勇氣」

□ **empower**[empáʊə] 勔給予～權限　　源 *em* + *power*（力量）

□ **entitle**[entáɪtl] 勔①給～題名 ②給～權利〔資格〕
　　源 *en* + *title*（標題，頭銜）

□ **embody**[embádi] 動具體表現〈感情，想法〉，具體化

源 *em* + *body*（體，形）

● *en* + 形容詞＝「使」

□ **enlarge**[enláɚdʒ] 動使擴大

□ **enrich**[enrítʃ] 動使豐富

□ **ensure**[enʃʊ́ɚ] 動確保

源 *en* + *sure*（確實的）

□ **insure**[ɪnʃʊ́ɚ] 動為～投保　★ ensure 的變形。

● **有很多用來表達「身體裡的」**
　 →「與生俱來的」的詞彙

□ **innate**[ɪnéɪt] 形（能力等）與生俱來的，原有的

源 *in* + *nat*（出生）　　　　　　　　　*nat*→ p.215

□ **inborn**[ínbɔ́ɚn|ínbɔ́ːn] 形與生俱來的，原有的

□ **inherent**[ɪnhíɚrənt] 形（力量，價值等）原有的，原本就存在的

源 *in* + *here*（黏著）

□ **intrinsic**[ɪntrínsɪk] 形原本的，原有的

□ **instinct**[ínstɪŋkt] 名本能

源 *in* + *stinct*（刺）→「從內側刺激生物之物」

cf. drive→p.50

専欄　　**Important 與「無聊」**

important 是 **im** + **port**（搬運）的組合，import「輸入」的衍生字。也就是「被**輸入**的東西很**重要**」的意思。然而在日本，儘管古代把由京都運到江戶的貴重物品稱為「下りもの」，在近代卻用「下らない（**無聊**）」來形容沒有價值的東西。

ject

投

投擲物品或**快速釋放**的意思。噴氣引擎的 *jet*「噴射」也是ject的變形。

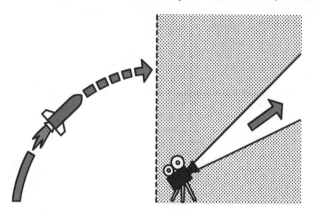

☐ **project** 動 [prədʒékt] ①計畫 ②預測 ③投影

名 [prádʒekt] 計畫

源 *pro*（向前）＋*ject*（投）

★具有如拋物線般延伸出去的「預測、規劃未來的事（虛線部分）」的意思，以及「投影」的意思。兩者的視覺意象都很類似。

pro → p.232

☐ **projectile** [prədʒéktl] 名 飛行物（飛彈等），投射物

□**reject**[rɪdʒékt] 動 拒絕

　　源 *re*（=back）+*ject*（投）=「丟回去」　　cf. **refuse**→p.178

□**eject**[ɪdʒékt] 動 ①驅逐〈人〉 ②射出，投出，緊急彈射〈駕駛員等〉，取出〈光碟片等〉

　　源 *e*（=*ex* 向外）+*ject*

word family

□**inject**[ɪndʒékt] 動 注射，投注〈資金〉

　　源 *in*（向內）+*ject*

□**trajectory**[trədʒéktəri] 名 彈道，軌跡

　　源 *tra*（=*trans* 跨越，移動）+*ject*　　　　　　　　　　　*trans* → p.270

□**jettison**[dʒétəsṇ] 動 拋棄〈船或飛機等〉

□**interjection**[ɪntədʒékʃən] 名 感嘆詞（對話中丟出的 *oh*、*dear*、*damn* 等）

196

kin

出身，一族

kin 源自古英語的 cynn「**種族，親族**」，但再往上追溯其實跟 *gen*「**生**」（→p.179）有著相同的祖先。kind 是由「出身」發展為「相同出生、**種類**」→「**出身好**」→「**溫柔**」的意思。gentle 也是由「家世很好」演變為「**溫柔**」的。

- □**kin**[kín] 名 血族，一族
- □**kinship**[kínʃɪp] 名 ①親族關係 ②親近感
- □**king**[kíŋ] 名（(高貴的)一族之長→）國王
- □**kind**[káɪnd] 形 溫柔，親切 名 種類

    源「出身」→「出身很好」→「溫柔」

- □**akin**[əkín] 形 相似（＋**to**）

    源 *a*(對)＋*kin*(同族)

- □**kindred**[kíndrəd] 名 ①一族 ②親族關係
- □**kinsman** [kínzmən] 名（男性的）親族 ★ 古風的用法。

leg, lect, lig

選，蒐集

源自拉丁語的legere「選，蒐集」。跟collect「蒐集」、college「大學（學生和老師的集合）」、colleague「同僚（因工作而依同被選中的夥伴）」都有著相同的語源。(*col = con* 一起 → p. 141)

□ Wendsday
☑ Wednesday
□ Wednseday
□ Wendesday

intel**lig**ence

□ **intelligence**[ɪntélɪdʒəns] 名 知性，智能
□ **intellectual**[ɪntəléktʃuəl] 形 有智慧的 名 知性
　　源 *intel* (=inter 中間) + *leg* [*lec*] (選)
　　　　→「從許多選項之間選擇的能力」→知性
□ **select**[səlékt] 動 選出 (從眾多物品中選出較好的)
　　源 *se* (遠離) + *lect* (選)
□ **elect**[ɪlékt] 動 選出 名 election 選舉
　　源 *e* (=*ex* 出) + *lect* (選)

□ **collect**[kəlékt] 動 蒐集
　　源 *col* (一起) + *lect* (蒐集)
□ **colleague**[káliːg] 名 同僚
　　★與college同語源。
　　源 *col* (一起) + *leg*=一起被選中〔蒐集〕的同伴
□ **elegant**[élɪgənt] 形 ①高貴的，優雅的 ②知性且簡潔的 (數學的證明等)
　　源 與elect相同。原意是「精選」。
□ **eligible**[élədʒəbl] 形 適任的，適格的
　　源 *e* (出) + *lig* (選) + *ible* (可以) =「被選上」
□ **legion**[líːdʒən] 名 軍團，集團
　　源 原意是「聚集之物」

limi, limin

境界，臨界

limit「極限，限制」的語源。原本是門窗等的臨界之意，由此演變為「境界」的意思。

limit　eliminate

☐ **eliminate**[ɪlímənèɪt] 動 消除，殺死

　　源 *e*（外）＋ *limin* ＝「丟到境界之外」

☐ **elimination**[ɪlìmənéɪʃən] 名 ①除去，抹殺　②預選（＝淘汰弱者）

□**subliminal**[sʌblímənl] 形 潛意識的，意識不到的

源*sub*（下）+ *limi*

★在意識的疆界（＝limen）之下的意象。

◇**subliminal message**

「（包含在廣告等之內）通常情況下難以察覺的訊息」

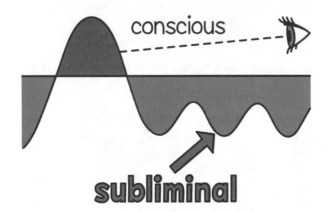

word family

□**limitless**[límɪtləs] 形 無限制的
□**preliminary**[prɪlímənèɚri] 形 準備階段的，預備的

源*pre*（前的）+ *limin*＝「跨出邊界前的」

pre→p.232

□**delimit**[dɪlímɪt] 動 決定～的範圍

log(i), logue, (o)logy

話語，學

源於希臘語的logos「**話語，議論**」「**推理，理性**」。又演變為「關於～的議論」→「～的**學問**」。logic「邏輯」的起源也是logos。

● ~*ology*「～學」

- [ ] **psychology**[saɪkάlədʒi] 名 心理學　源 *psych*（精神）
- [ ] **biology**[baɪάlədʒi] 名 生物學　源 *bio*（生物）→p.123
- [ ] **physiology**[fɪziάlədʒi] 名 生理學　源 *physio*（生理，自然）
- [ ] **archaeology**[ὰɚkiάlədʒi] 名 考古學　源 *archaeo*（古老）
- [ ] **geology**[dʒiάlədʒi] 名 地質學　源 *geo*（地）→p.182
- [ ] **criminology**[krɪmənάlədʒi] 名 犯罪學　源 *crime*（犯罪）
- [ ] **paleontology**[pèːliɑntάlədʒi] 名 古生物學　源 *paleonto*（古物）
- [ ] **pathology**[pəθάlədʒi] 名 病理學　源 *patho*（疾病）→p.219
- [ ] **immunology**[ìmjənάlədʒi] 名 免疫學　源 *immuno*（免疫）

ology

2
語
源
篇

● 其他的~*logy*

- [ ] **phonology**[fənάlədʒi] 名 音位學　源 *phono*（音）
- [ ] **methodology**[mèθədάlədʒi] 名 方法論　源 *method*（方法）
- [ ] **technology**[teknάlədʒi] 名 科技　源 *techno*（技術）
- [ ] **terminology**[tɚːmənάlədʒi] 名 專門術語　**term**（用語）→p.98
- [ ] **apology**[əpάlədʒi] 名 道歉　源 *apo*（～從）「逃離罪惡的言詞」
- [ ] **prologue**[próʊlɑg] 名 楔子，序言　源 *pro*（前）→p.232
- [ ] **epilogue**[épəlɔ̀(ː)g] 名 尾聲　源 *epi*（後）
- [ ] **dialogue**[dάɪəlɔ̀(ː)g] 名 對話，會話　源 *dia*（=across）→p.153
- [ ] **monologue**[mάnəlɔ̀(ː)g] 名 自言自語　源 *mono*（一）

lustr, luc, lumin, lux

光，閃耀，明亮

以 *lu* 起始的這四個拉丁語語源都是「光，閃耀」的意思。illumination「照明」是最常見的一個字。神戶 Luminarie 的 Luminarie 就是義大利語的 illumination。亮度單位的「勒克斯」就是源於拉丁語的 lux「光」。此外由「在光照下清晰可見」的意象又衍生出「說明」、「證明」、「明快」等義。

☐ **illustrate**[íləstrèɪt] 動①說明②證明
☐ **illustrated**[íləstrèɪtəd] 形 有插圖的
　　源 *il*（=in中）+ *lustr*（光）→「使（腦）內變得明亮」→「說明」→「畫圖說明」

illustrate

☐ **illuminate**[ɪlúːmənèɪt] 動①照亮 ②闡明
　　源 *il*（=in中）+ *lumin*（光）
☐ **elucidate**[ɪlúːsɪdèɪt] 動 說明，闡明
☐ **lucid**[lúːsɪd] 形①明快的 ②清醒的

☐**luster**[lʌ́stɚ] 名 光澤

☐**lackluster**[lǽk[lʌ̀stɚ] 形 乏味的，黯淡的

源 *lack*（缺）+ *luster*

☐**luminescence**[lùːmənésn̥s] 名 發光

★OLED 的其中一個全名就是 organic electro-luminescent diode。

源 *lumin* + *escence*（名詞字尾）=「發光」

☐**luminous**[lúːmənəs] 形 發光

☐**translucent**[trænslúːsn̥t] 形 半透明的

源 *trans*（通過）+ *luc* =「透光的」 *trans* → p.270

2

語

源

篇

専欄 金星、撒旦、以及螢光

Lucifer 是金星（明亮的星星）的拉丁語。語源為 *luci*（光）+ *fer*（帶來）。然而 Lucifer 同時也是撒旦（Satan）的別名。撒旦原本是住在天國的天使，但後來被上帝逐出變成「墮落天使（fallen angel）」。舊約聖經中有句話描述「明亮之星，早晨之子啊，你何竟從天墜落」。另一方面，螢光素 luciferin 和使螢光素發光的酵素 luciferase 這兩個字中也有 Lucifer。-in 是表示物質，-ase 是表示酵素的字尾。

magni, magna, mega, megalo

大的

此字根表示big或great的意思。譬如magnum「麥格農」是一種大型手槍的名字，而magnitude「震度」是指地震的大小。Magna Carta是英國的「大憲章」。mega則用來表示一百萬。

□**magnify**[mǽgnəfàɪ] 動 放大
源 *magni*＋*fy*（=make 使）

fy→p.167

magnify

word family

□**magnitude**[mǽgnət(j)ùːd] 名 ①規模 ②〈地震、天體光亮的〉程度
□**magnificent**[mægnífəsn̩t] 形 華麗的，極好的
□**magnanimity**[mæ̀gnənímətɪ] 名 〈對敵人〉寬大
□**magnate**[mǽgneɪt] 名 巨頭，大亨
□**megalopolis**[mègəlápəlɪs] 名 大都市
　源 *megalo*＋*polis*（都市）
□**megalomania**[mègəlouméɪnɪə] 名 ①狂妄自大 ②權力慾望
　源 *megalo*＋*mania*（瘋狂）

manu, man, mani, main

手→製作, 操作, 支撐

manual「手冊」，manicure「修指甲」(→p.148) 的語源。源自拉丁語
manu「手」。包含許多表達手的動作如「製作，書寫，操作，支撐」等詞
彙。manner 則由「操作方法（＝手法）」的意思延伸出「方法，做法，樣
式」之意。

manuscript

□ **manual**[mǽnjuəl] 形手的，手動的（⇔automatic）名指導
□ **manuscript**[mǽnjəskrìpt] 名原稿
  源 *manu*（用手）＋*script*（書寫物）
□ **manufacture**[mæ̀njəfǽktʃɚ] 名動製造
  源 *manu*（用手）＋*facture*（製作）   *fact*→p.167
□ **manipulate**[mənípjəlèɪt] 動操作〈機械〉，控制
□ **manage**[mǽnɪdʒ] 動流暢操作，設法（＋to V），經營
  maintain → p.262

mater, matr

母親

源於拉丁語的mater「**母親**」。英語的mother也有著相同的祖先。後由「母親」的意義發展出「**母體，誕生他物之物**」的意思。

material

□ **matter**[mǽtɚ]
  名 ①物質，材料 ②問題
  動 重要
  源 原本的意思是「生出事物的母體」。
◇ **dark matter**
  「暗物質」
  源 mater 的變形

□ **material**[mətíəriəl] 名 材料，資料 形 物質的
□ **matrix**[méɪtrɪks] 名 母體，基盤，鑄模
    ★順帶一提pattern「模式」的語源則是pater（父親）。
□ **maternal**[mətɚ́ːnl] 形 母親的，母性的
□ **maternity**[mətɚ́ːnəti] 名 母性 形 懷孕的
  □ **matrimony**[méɪtrimòʊni] 名 婚姻關係（= **marriage**）
      源 原意是「成為母親」。
□ **metropolis**[mətrápəlɪs] 名 (國家、地區的) 主要城市
      源 metro（=mater）+ polis（都市）=「母城」
  □ **Alma Mater**[ǽlmə mɑ́ːtɚ] 名 母校
      源 alma（養育）+ mater =「養育的母親」

206

medi, mid, meso

之間，中間

也是牛排烹調術語的medium「五分熟」之語源。middle, midnight也屬於這個家族。meson「介子」的meso也是相同的起源。

☐ **media**[míːdiə]

名 大眾傳媒，傳達資訊的手段

源 medium「中間（之物）」的複數形。

★ 有「在人與人**之間**傳遞資訊的東西」之意。順帶一提medium也有「**靈媒，巫女**」的意思，也就是「連結死者和生者的人」。另外means也跟medium的語源一樣，具有「**手段**」和「**中間**」兩種意思。

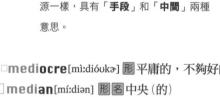

☐ **mediocre**[mìːdióʊkə] 形 平庸的，不夠好的

☐ **median**[míːdiən] 形 名 中央（的）

☐ **intermediate**[ìntəmíːdiət]

形 中間的，居中的 源 *inter*（之間的）＋ *medi*

☐ **amid**[əmíd] 前 ～的正中央（= **in the middle of**）

源 *a*（=on）＋ *mid*

☐ **mediate**[míːdièɪt]

動 仲裁〈對立、紛爭等〉，調停

☐ **intermediary**[ìntəmíːdièəri]

名 中間人

源 *inter*（之間的）＋ *medi*

2
語
源
篇

□ **Mediterranean**[mèdɪtərémiən] 名形 地中海（的）
　　源 *medi* + *terra*（陸地）=「陸地之間」
□ **Mesopotamia**[mèsəpətéimiə] 名 美索不達米亞
　　源 *meso*（河川）+ *potam*（河川）+ *ia*（國）
　　★底格里斯河和幼發拉底河之間的地區。

□ **immediately**[ɪmíːdiətli]
　副 立即，馬上
　源 *im*（否定）+ *medi*
　　=「沒有間隔」
□ **medieval**[mìːdiíːvl] 形 中世紀的
　cf. the Middle Ages「中世紀」

専欄　**只有一條麵不算義大利麵？不規則的複數形**

義大利語的義大利麵（spaghetti）其實是複數形，嚴格來說，只有一條麵的話應該叫
spaghetto。跟源自拉丁文的media一樣，細菌（bacteria）也是複數形。只有一個的話應該
叫baterium。希臘語系的mitochondria「粒線體」也是mitocondrion的複數形。這裡整理一
下拉丁、希臘語系的複數形字尾。

單數→複數	例
-um[əm]→-a[ə]	medium→media, curriculum→curricula, stratum→strata
-on[ən]→-a[ə]	phenomenon→phenomena, criterion→criteria, automaton→automata
-us[əs]→-i[ai]	stimulus→stimuli, focus→foci, cactus→cacti, nucleus→nuclei
-sis[sis]→-ses[siːz]	crisis→crises, analysis→analyses, basis→bases, axis→axes
-a[ə]→-ae[iː]	*formula→formulae, larva→larvae
-ma[ə]→-mata[ətə]	stigma→stigmata, ＊schema→schemata
-ix[iks]→-ices[isiːz]	appendix→appendices, matrix→matrices

＊但是如同 **formulas, schemas**，在現代也有加 **-s** 才是常見說法的單字。另外 **data**
原本是 **datum** 的複數形，但除了論文等正式的英語外，大多場合都被當成不可數名詞看
待。

min(i),minu

小的

minicar「迷你小車」、miniskirt「迷你裙」、minus「負」等字的語源。
相反詞是max。

diminish

☐ **diminish**[dəmínɪʃ] 動 使縮小，變小

word family

☐ **minimal**[mínəml] 形 最小的

☐ **minimalist**[mínəmlɪst] 名形 極簡主義(的)　★用最少的元素來表現[生活]。

☐ **minimum**[mínəməm] 名 最小(量)

☐ **minute**[mínət] 名 分鐘(＝將時間細分) 形 [mainjːt] 微小的

　☐ **minuscule**[mínəskjùːl] 形 細微的(＝miniscule)

☐ **diminutive**[dɪmínjətɪv] 形 矮小的，微小的

☐ **minor**[máɪnə] 形 次要的，輕微的　⇔ **major**

　　cf. micro「非常小的 細微的」, macro「巨大的」

2

語

源

篇

209

mir(a), mar

驚訝，看

源自拉丁語的 mirari「驚訝」。後演變成「（驚訝得）瞪大眼睛看」。西班牙語 mirar 就是 look 的意思。mirror「鏡子」則是「用來看（臉）的東西」。另一說則認為是「看到（自己後）嚇一跳」。

mirror

☐ **miracle**[mírəkl] 名 奇蹟，令人驚訝的幸運

☐ **miraculous**[mərǽkjələs] 形 奇蹟的，幸運到令人驚訝的

☐ **admire**[ədmáɪə] 動 感嘆

　　源 ad（對）＋ mire（＝ mira）

☐ **mirage**[mərúːʒ] 名 海市蜃樓

　　源 「看得見之物／應感到驚訝之物」的意思。

☐ **marvel**[máəvl] 動 吃驚（＋ at）名 驚異

mit, miss

送（send, put）

mit 和 *miss* 都源自拉丁語的 mittere「**送，丟，放**」。message 也是「被送出去之物」的意思。messenger 則是「送交 message 的人」。

☐ **emission**[ɪmíʃən] 名 排出，放出

　　例 CO_2 emission「CO_2 排放（量）」

　　源 *e*（向外）＋ *miss*（送）＝「排出」

　　★動詞形是 emit。

☐ **mission**[míʃən] 名 ①使命，任務

　②傳教（團），使節團

　　源 「（被賦予使命而）派出去的人」。

☐ **missionary**[míʃənɛ̀əri] 名 傳教士

　　★mission ②演變而來。

emission

☐ **missile**[mísl|mísaɪl] 名 飛彈

　　源 原本的意思是「送到敵方陣地內之物」。

missile

☐ **transmit**[trænsmít|trænzmít] 動 傳遞〈資訊等〉，使傳染

名 **transmission** 傳達

　　源 *trans*（移）+ *mit*　　　　　　　　　　　　　　　*trans*→p.270

☐ **permit**[pəmít] 動 允許　名 **permission** 許可

　　源 *per*（通過 =through）+ *mit*＝「使通過」

☐ **admit**[ədmít] 動 ①承認～為事實 ②允許～的入場〔入學〕

　　源 *ad*（向～）+ *mit*＝「送入，通過」

☐ **dismiss**[dɪsmís] 動 ①摒棄〈想法等〉 ②解雇　　　　*dis*→p.155

　　源 *dis*（遠離）+ *miss*

☐ **submit**[səbmít] 動 ①提出 ②使服從，服從（+**to**）

　　源 *sub*（在下）+ *mit*＝「至於（對方的）支配下，委託」

☐ **remittance**[rɪmítṇs] 名 匯款

☐ **missive**[mísɪv] 名 訊息，信

　　★古風的用法。

<hr />

專欄　**藏 有 神 明 的 單 字**

很多英文單字來自希臘、羅馬的諸神。例如 **music** 是「繆思（the Muses）的藝術」之意，而繆思是希臘神話中主司文藝的女神們 Musa 的總稱。同樣地 **museum**「博物館」的語源也是 mouseion，意指「繆思的神殿」。另外相信很多人都知道，許多行星和衛星的名字也是來自眾神。譬如 **Mars**「火星」是羅馬的戰神，**Venus**「金星」是愛神。Mars 的形容詞 **martial** 是「戰爭的，軍事的」的意思，martial arts 是「格鬥技」，martial law 是「戒嚴令（把警察權交給軍隊）」。而 Venus 的形容詞是 **venereal**，venereal disease「維納斯的疾病」也就是「性病（sexually transmitted disease）」。

monstr, moni(t)

展示，告知

源於拉丁文的 monstrare「**展現，展示**」。monster 的意思是「**通知者**」。因為古代人迷信奇怪動物的出現乃是天地即將發生變異的**警告**。觀葉植物的龜背芋 monstera 也是因為其怪異的形狀而得名。

- □ **demonstrate**[démənstrèit]
  - 動①展示，證明 ②示範
- □ **admonish**[ædmánɪʃ]
  - 動 向～警告（人+**to V**），勸戒
- □ **monstrosity**[manstrásəti]
  - 名畸形，奇怪〔怪異〕的東西
- □ **premonition**[prì:məníʃən]
  - 名前兆，預感
  - 源 *pre*（提前）＋*monit*（告知）

專欄 ◢ **監視器與巨蜥**

monitor 有監視器、監視者、電腦螢幕、電視畫面等意思，除此之外還有「巨蜥」這個奇怪的字義。monitor 的語源跟 monster 相同，都是「**告知者，警告者**」的意思，而古代傳說巨蜥會警告人們附近有可怕的鱷魚（crocodile），所以才被叫做 monitor。事實上由於巨蜥喜歡吃鱷魚蛋，因此這個傳說也並非空穴來風。

mot, mob, mov

動，使動

motor「馬達，引擎（＝推動者）」，motion「動作」等詞的字根，源於拉丁語的movere（＝move）。move「移動」一詞也源自於此。

motivate

- [ ] **motivate**[móʊtəvèɪt] 動 使產生動機，激勵
- [ ] **motivation**[mòʊtəvéɪʃən] 名 動機，誘因
- [ ] **motive**[móʊtɪv] 名 動機　源「促使（人）移動之物」。
- [ ] **promote**[prəmóʊt] 動 促進 源 *pro*（向前）＋ *mot*＝「使向前移動」　　　　　　*pro* → p.232

word family

- [ ] **mobile**[móʊbl] 形 可動的，流動的
  - ◇ **mobile phone**「行動電話（=cell phone）」　★多用於英式英語。
- [ ] **mobilize**[móʊbəlàɪz] 動 動員〈軍隊等〉，調動
- [ ] **automobile**[ɔ́ːtəməbìːl] 名 汽車　　　　　　　　　　　　　　→ p.118
- [ ] **locomotive**[lòʊkəmóʊtɪv] 名 火車頭 源 *loco*（地點）＋ *mot*＝「移動地點之物」

na(t)

出生

拉丁語中的「出生」是nasci。*na(t)*原本是其過去分詞。nature的原始意義是「出生時的狀態」。Natalie這個女性名字原意是natale domini（主耶穌的誕生），換言之就是Christmas的意思（dom→p.158）。Natasha也是相同的起源。另外，*na(t)*和*gen*（→p.179）跟*kin*（→p.197）全都可追溯至原始印歐語的*gene*這個字。

- □ **native**[néɪtɪv] 形 出生地的，祖國的，原住民的
- □ **nation**[néɪʃən] 名 民族，國家
  - 源「在同一土地出生的人們」。
- □ **prenatal**[prìnéitəl] 形 出產前的
  - ⇔ **postnatal** 出產後的
- □ **neonatal**[nì:əunéitəl] 形 新生兒（期）的
  - 源 *neo*（新的）+ *nat*
- □ **nascent**[nǽsn̩t] 形 新生的，萌芽的
- □ **naïve**[nɑːíːv|naɪíːv] 形 ①天真的，幼稚的 ②純真的
- □ **Renaissance**[rènəsáːns] 名 文藝復興
  - 源 *re*（再）+ *naissance*（誕生）=「藝術、學問的重生」
  - **innate** → p.194

2

語源篇

專欄 | **naturalist 與 naturist**

naturalist和naturist分別是指什麼樣的人呢？這兩者都是「喜歡自然的人」，但意義卻大相逕庭。naturalist是指喜歡動植物的人或博物學家。另一方面，naturist則是喜歡用出生時的自然狀態＝裸體生活的人，也就是nudist，小心不要搞混了。

nutri, nur(t), nouri

養育

源自於拉丁語 nutrir「哺乳，養育」的 nurti。nurse 和營養食品製造商 Nutrilite（紐崔萊）的語源也是此字。

☐ **nurse**[nɚ́:s] 名①護士 ②保育士

　　源 原意是「乳母」。

☐ **nursery**[nɚ́:səri|nɚ́:sri] 名①保育所 ②養殖場，苗圃

　　源 nurse + ery（地點）

☐ **nourish**[nɚ́:rɪʃ|nʌ́rɪʃ] 動 養育，餵食，給予養分

☐ **nutrient**[n(j)úːtriənt] 名 營養素

☐ **nutrition**[n(j)uːtríʃən] 名 營養　**malnutrition** → p.122

☐ **nurture**[nɚ́:tʃɚ] 動 栽培〈孩子，植物〉，養育　名 養育

　　例 nature or nurture「先天或後天」

nov(a), neo

新的

源自拉丁語的nova「**新的**」。在英語中nova也有「新星」的意思。

renovation

☐ **renovation**[rènəvéɪʃən] 名 (建築物的) 改裝，修理，修復

源 re (再) + nova

★建築物的改裝不會用renewal或reform。

☐ **innovation**[ìnəvéɪʃən] 名革新，新進新技術 形 innovative 革新的

源 in (向內) + nova =「吸收新東西」

☐ **novice**[návəs|návɪs] 名初學者 (= beginner)

☐ **novel**[návl] 形新的 名小說

★相對於傳說等，較新創作的故事。

◇ **novel coronavirus**「新型冠狀病毒」

☐ **supernova**[sù:pənóʊvə] 名超新星 (爆發的閃亮恆星)

☐ **neoclassical**[nì:ə-klǽsɪkl] 形 (美術、經濟學的) 新古典主義的

neonatal → p.215

par

相等

高爾夫術語的 par「標準桿」就是此字。意思是「與標準揮桿數相等」。

☐ **compare**[kəmpéə˞]
　①比較
　②（compare A to B）
　「把A比喻為B」
　名 comparison
　　源 *com*（一起）+ *par*
　　→「使相等」
　　例 compare life to a game
　　「把人生比喻為一場遊戲」
☐ **comparable**[kámpə˞rəbl]
　形 類似的，同等的

word family

☐ **par**[páə˞|pá:] 名 ①同等，等價（+ **with**）②平均
　　例 below par「低於平均」
◇ **on a par with A**「與A同等」
☐ **pair**[péə˞] 名 一對
　　源 par 的變形。原意是「相等的兩者」。
　　例 a pair of glasses「一副眼鏡」
☐ **peer**[píə˞] 名（年齡或地位）同等的人
　　源 par 的變形。
☐ **parity**[pǽrəti|pǽrəti] 名 等價，同等（=equality）　⇔ disparity 不平等，不公平

218

path, pathy, pati, passi

苦痛，感情

path、*pathy* 源於希臘語的pathos「苦痛，感情」，*pati*、*passi* 源自拉丁語的passio「苦痛，忍耐」。其中*path*、*pathy* 又由「苦痛」發展出「疾病」的意思。

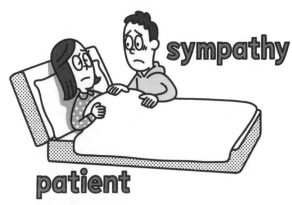

□ **patient**[péɪʃənt] 名患者 形有耐心

　源「痛苦的人」→「病患」，「能忍受痛苦」→「有耐心」

□ **sympathy**[símpəθi] 名同情，共感

　源 *sym*（一起）＋*pathy*（苦痛，感情）

□ **empathy**[émpəθi] 名 共感，移情

　源 *em*（＝in之中）＋*pathy*

□ **apathy**[ǽpəθi] 名冷漠，無動於衷

　源 *a*（無）＋*pathy*

□ **compassion**[kəmpǽʃən] 名同情　★包含想幫助人的心情。

　源 *com*（一起）＋*passion*（痛苦）

□ **passive**[pǽsɪv] 形被動的，消極的

●*path*＝疾病

□**pathology**[pəθálədʒi] 名 病理學

　　源 *path*＋*ology*（學）

□**psychopathology**[sàikəupəθálədʒi] 名 ①精神病理學 ②精神病

　　源 *psycho*（精神）＋*pathology*

□**psychopath**[sáikəpæθ] 名 精神變態者

□**pathogen**[pǽθədʒən] 名 病原體

　　源 *path*＋*gen*（生）

gen→p.179

□**pathetic**[pəθétɪk] 形 可憐的，可悲的

　　源 原意為「痛苦」。

專欄　　**什麼是熱情的演出**

passion-play 是什麼樣的演出呢？在電影『歌劇魅影』中，日本的字幕翻譯家 T 氏將這個詞翻譯為「熱情的演出」。聽起來很浪漫對吧？但其實這個詞指的是描寫基督遭受釘刑的戲劇，也就是「受難劇」的意思。電影 *the Passion*「受難記：最後的激情」也就是這個意思。另外 passion fruit 也不是「熱情的水果」，而是 passion flower「西番蓮」的果實。據說是因為古人認為西番蓮的雌蕊很像基督釘刑用的三根釘子，藤蔓像鞭子，花朵則像是基督戴在頭上的荊棘冠。巴赫的作品 *St Matthew Passion* 也不是『馬修的熱情』，而是「馬太受難曲」。

ped, pod

腳

pedal是用腳踩的意思。排列在海岸邊的消波塊（tetrapod）則是「四隻腳」的意思。消波塊的確有四個看起來像腳的部分。電影Arrival「異星入境」中出現的七隻腳外星人名叫heptapod，也就是hepta（7）＋pod（腳）的意思。

impede expedite

□**impede**[ɪmpíːd] 動 阻礙，使停滯
　源 *im*（中）＋*ped*（腳）→「加上腳枷」→「阻礙」

□**expedite**[ékspədàɪt] 動 促進，加快
　源 *ex*（外）＋*ped*→「解開腳枷」→「使加速」

□**pedestrian**[pədéstriən] 名 步行者

□**biped**[báɪped] 名 二足步行的動物（人、鳥類等）
　源 *bi*（2）＋*ped*

□**centipede**[séntəpìːd|séntɪpìːd] 名 蜈蚣　★中文也有「百足」的別名。
　源 *centi*（100）＋*ped*

□**tripod**[tráɪpɑd] 名 三腳
　源 *tri*（3）＋*pod*

tri → p.273

pend, pens

垂掛，垂下

褲子的吊帶（suspender）和吊墜（pendant）的語源都是 *pend*「垂掛，垂下」。另外 expense 和 spend（→p.222）也有相同的語源，是由「天秤下垂」→「測量」→「測量金幣以支付」發展而來。由懸在半空的意象從「暫時中止」衍生出「很快發生」的意思。

☐ **depend**[dɪpénd] 動 依賴，根據～決定

源 *de*（向下）+ *pend*（垂掛）

☐ **dependent**[dɪpéndn̩t] 形 依賴的

⇔☐ **independent**[ìndɪpéndənt] 形 獨立的

☐ **codependency**[kòʊdɪpéndn̩si] 名 （心理學）共依存症

源 *co*（一起）+ *depend*

★A依存於B，而B也把扶持A視為存在價值（＝依存）的狀態。

☐ **compensate**[kámpənsèɪt] 動補償，賠償（＋**for**）

　　源 *com*（一起）＋*pens*（量）→「平衡損失和賠償」

　　expense→p.163**, expend**→p.164

damage

compensate

───── **word family** ─────

☐ **impending**[ɪmpéndɪŋ] 形逼近的

　　源 *im*（向上）＋*pend*＝「懸在頭上」

☐ **suspend**[səspénd] 動①（**be suspended**）垂下

　②暫時中止，保留

　　源 *sus*（=*sub* 向下）＋*pend*　　　　　　　　　　　　*sub*→p.260

☐ **suspense**[səspéns] 名（彷彿有事情要發生）不安

☐ **pending**[péndɪŋ] 形①未解決的，懸案的 ②逼近的

　☐**pendulum**[péndʒələm] 名鐘擺

☐ **perpendicular**[pə̀ːpṇdíkjələ] 形垂直的

　　源 *per*（筆直）＋*pend*

　　★在繩子上綁重物，繩子會與地面垂直。

☐ **appendix**[əpéndɪks] 名①闌尾（垂在大腸下的器官） ②附錄

　　源①*ap*（=*ad* 對～）＋*pend*＝「垂在下面〔黏著的〕的東西」

pel, puls

按,推

push、drive(→p.50)的字根。源於 pulsare(拉丁語)「**推**」。其實 push 本身也是此字的變形。

☐ **compel**[kəmpél]

　動(+O to V)強迫O做V

源 *com*(強)+*pel*

★把討厭的事「**推給對方**」的意象。

☐ **compulsory**[kəmpʌ́lsəri]

　形 強制的,義務的

☐ **compulsion**[kəmpʌ́lʃən]

　名 強制,強迫

☐ **impulse**[ímpʌls] 名 衝動,推進力,衝擊

源 *im*(=in 在內)+*puls*(推)

　=「從內部推動的力量」

cf. **instinct**→p194, **drive**→p.50

―――――― word family ――――――

☐ **propel**[prəpél]

動 使前進　名 **propulsion** 推進

源 *pro*(向前)+*pel*　　　　　　　　　　　　　　*pro*→p.232

★螺旋槳(propeller)便是由此字而來。

☐ **repel**[rɪpél] 動 ①驅逐〈敵人等〉 ②排斥 ③使〈人〉厭惡

源 *re*(=back 向後)+*pel*=「推回去」　　　　　　　*re*→p.243

□ **repulsive**[rɪpʌ́lsɪv] 形①使厭惡 ②（物理）排斥

□ **expel**[ɪkspél] 動（從學校、國家等）將〈人〉逐出，使退去

　　源 *ex*（向外）＋*pel*

ex→p.163

□ **dispel**[dɪspél] 動消除〈不安、疑慮等〉

　　源 *dis*（遠離）＋*pel* =drive away

□ **catapult**[kǽtəpʌ̀lt] 名投射器（將飛機從航空母艦彈射出的裝置）

　　動發射

□ **pulse**[pʌ́ls] 名脈搏，心跳

pete, peti

要求

源自拉丁語的petere「追求，想要」。

compete

□ **compete**[kəmpíːt] 動競爭（＋**with**）

源 *com*（一起）＋*pete*

★兩人都因想要同一個東西而發生競爭。

com→p.141

□ **competitive**[kəmpétətɪv]

形①競爭的 ②好勝的

□ **petition**[pətíʃən]

名（群眾的）請願 動請願

□ **appetite**[ǽpətàɪt] 名食慾，欲求

　　源 *a*（對）＋*peti*

ple, pli, plic, ply

重疊，折疊

ple, *pli*, *plic*, *plex*, *ply*, *ploy* 全部都有「重疊，摺疊，編」的意思。其中「重疊」的意思又延伸出「重複，複製，加倍」等意義。

☐ **simple**[símpl] 形 單純的，單一的
　　源 *sim*(1)＋*ple*(重疊)＝「一重的」
☐ **double**[dʌ́bl] 形 兩倍的，兩次的 動 翻倍
　　源 *dou*(2)＋*ble*(*ple*的變形)＝「二重的」
☐ **triple**[trípl] 形 三倍的，三次的 動 變為三倍
　　源 *tri*(3)＋*ple*＝「三重的」　　　　　　　　　　　　*tri*→ p.273
☐ **multiple**[mʌ́ltəpl] 形 多重的，多樣的，複合的
　　源 *multi*(多的)＋*ple*(重疊)＝「多重的」
☐ **multiply**[mʌ́ltəplàɪ] 動 ①乘 ②〔使〕增加，增殖
☐ **duplicate**[d(j)úːplɪkət] 動 複製，加倍 名 複製，拷貝 形 複製的
　　源 *du*(2)＋*pli*

□ **reply**[rɪpláɪ] 動 回覆 名 回覆

源 *re*（反，還）+ *ply*

= 「折返」→「回應」

re→ p.243

□ **replicate**[répləkèɪt]

動 ①複製（=**duplicate**），重現

②自我複製，增殖

□ **replica**[réplɪkə] 名 複製品，仿製品

complicated

□ **complicated**[kámpləkèɪtɪd] 形 複雜的

源 *com*（一起）+ *pli* = 重合

□ **complex**[kəmpléks] 形 複製的，複合的

名 ①情節（心理）②綜合大樓

★語源與 complicated 相同。

con→ p.141

---

word family

□ **pleat**[plíːt] 名 (裙子等的)衣褶

□ **plait**[pléɪt|plǽt] 名 ①三股辮（頭髮等）②皺褶 動 綁辮子

□ **plywood**[pláɪwòd] 名 合板（＝重疊的板子）

□ **imply**[ɪmplái] 動 暗示，含有～ 名 **implication** 含蓄

源 *im*（向內）+ *ply*（摺疊）=「包覆，包含」

□ **implicit**[ɪmplísɪt] 形 ①隱含的 ②潛在的

□ **explicit**[ɪksplísɪt] 形 ①明確的，明瞭的 ②(描寫)赤裸裸的

源 *ex*（向外）+ *pli*（折）=「展開的」→「看得清楚」 cf. **explain**→ p.165

□ **display**[dɪspléɪ] 動 ①展示〔表示〕②展現（感情、能力等）

源 *dis*（反）+ *play*（*ply* 的變形）=「展開」→「展現」

★與 play「玩」無關。

ple(t), pli, ply

填滿，滿

源自拉丁語的plere「**填滿**」或plenus「**滿**」。

complete

deplete

☐ **complete**[kəmplíːt] 形完全的 動完成

源 *com*（加強語氣）＋*ple*（填滿）

☐ **deplete**[dɪplíːt] 動用完，耗竭

源 *de*（反）＋*ple*（填滿）

◇ **deplete**d **uranium**「貧鈾」

☐ **supply**[səplái] 名供給 動供給

源 *sup*（至頂）＋*ply*（填滿）

☐ **supplement**[sʌ́pləmənt] 名①補充，附錄 ②營養品

動補充

☐ **complementary**[kʌ́mpləméntəri] 形補充的，互補的

☐ **plenary**[plíːnəri] 形（會議等）全員出席的

☐ **replete**[rɪplíːt] 形滿（＋**with**）

pose, posi(t), pon

放

源自「**放**」的拉丁語 ponere。其他還有 post、pound 等變形。position「位置」的意思則是來自「**被放置的**」。

□ **compose** [kəmpóʊz] 動 ①〜構成
②作曲，〜撰寫
名 **composition** 作曲、作文、構成
源 *com*（一起）＋*pose* ＝「組合」
＝put together

□ **component** [kəmpóʊnənt] 名 成分、零件

□ **compound** [kámpaʊnd] 名 化合物 形 複合的

□ **composure** [kəmpóʊʒə] 名 冷靜
★內心經過整理的狀態。

□ **impose** [ɪmpóʊz] 動 課〈稅、罰金等〉，強加
源 *im*（on 在上）＋*pose* ＝「放」 *in, en* → p.193
★**impose A on B**「對 B 徵收 A」。也可以用 put 替換 impose。
例 impose（=put）a new tax on the rich「對富人課新稅」

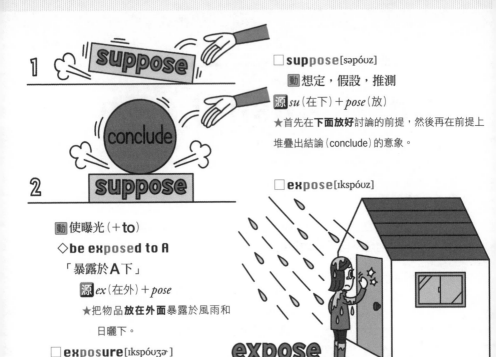

□ **suppose**[səpóuz]

動 想定，假設，推測

源 *su*（在下）＋*pose*（放）

★首先在**下面放好**討論的前提，然後再在前提上堆疊出結論（conclude）的意象。

動 使曝光（＋**to**）

◇**be exposed to A**

「暴露於**A**下」

源 *ex*（在外）＋*pose*

★把物品**放在外面**暴露於風雨和日曬下。

□ **exposure**[ɪkspóuʒə]

名 露出，暴露

□ **expose**[ɪkspóuz]

---

word family

□ **oppose**[əpóuz] 動 反對

□ **opposite**[ápəzɪt] 形 相反的 介 在～對面，在～的相反側

□ **opponent**[əpóunənt] 名 對手

　　源 *op*（＝*ob* 對）＋*pose, posit, pon*＝「放在相反側」

□ **dispose**[dɪspóuz] 動 處分，捨棄

　　源 *dis*（遠離）＋*pose*＝「放到遠處」

□ **deposit**[dɪpázət] 名 ①頭期款（**down payment**），押金　②堆積物 動 放下

　　源 *de*（在下）＋*posit*

□ **postpone**[poustpóun] 動 使延期

　　源 *post*（在後）＋*pon*＝「延到後面」

□ **posture**[pástʃə] 名 姿勢，態度

　　★原意是「身體的擺放方式」。

preci, praise, pri

價值，價格

源於拉丁語的precium「**價值，報酬**」。後由「**承認價值**」的意思衍生出「**誇讚**」之意。

□ **precious**[préʃəs] 形 貴重的
   源 「有價值」
□ **appreciate**[əprí:ʃièit] 動 ①欣賞 ②感謝〈人的行為〉
   源 ap(=ad 對)+preciate(給予價值)
□ **depreciate**[dɪprí:ʃièit] 動 (使)貶值
   源 de(在下)+preciate(給予價值)
□ **price**[práɪs] 名 ①價格 ②代價
□ **prize**[práɪz] 名 獎 ★ price 的變形
□ **praise**[préɪz] 動 讚揚
  □ **appraise**[əpréɪz] 動 評估〈能力、工作等〉
□ **priceless**[práɪsləs] 形 非常貴重的
   源 price+less(無)=「無法定價」

pre vs. pro vs. fore

之前，以前 vs. 向前方，向未來 =fore

pre 和 pro 有著相同的祖先，在空間上的意義都是「**前**」，但用來指稱時間的時候，原則上 pre 是指基準點以前的時間，而 pro 是指基準點以後的時間。另外 *pro* 還有「贊成（ = for）」的意思。源自古英語的 *fore*「在前」意思也跟 *pre* 和 *pro* 相似（實際上 *for* 和 before 的遠古祖先跟 *pro* 是同一個）。

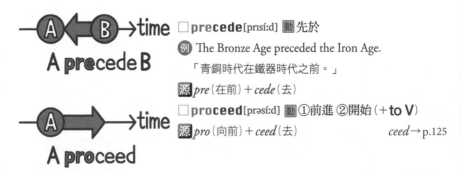

□ **precede**[prɪsíːd] 動 先於

例 The Bronze Age preceded the Iron Age.
「青銅時代在鐵器時代之前。」

源 *pre*（在前）+ *cede*（去）

□ **proceed**[prəsíːd] 動 ①前進 ②開始（+ to V）

源 *pro*（向前）+ *ceed*（去）　　　　*ceed*→ p.125

● *pre* 空間的意味

□ **present**[prézn̩t] 形 ①現在的 ②有出席的

動 ①呈獻 ②發表〔提案〕

源 *pre*（之前）+ *sent*（有）→「置於（人）前」

232

□ **prefer**[prɪfə́:] 動 偏好

源 *pre* + *fer* (放置) = 「優先」

□ **preposterous**[prɪpástərəs] 形 不合理的，荒謬的

源 *pre* + *post* (後) = 「前後顛倒」

●*pre* 時間上的意義「先，提前」

□ **previous**[príːviəs] 形 之前的 源 *pre* + *via* (道路)

□ **prehistoric**[prìːhɪstɔ́ərɪk] 形 史前的 源 *pre* + *history*

□ **prepare**[prɪpéə] 動 準備 源 *pre* + *pare* (準備)

□ **precaution**[prɪkɔ́:ʃən] 名 預防，預防措施 源 *pre* + *caution* (警戒)

□ **premature**[prìːmət(j)úə] 形 過早 源 *pre* + *mature* (成熟的)

□ **presume**[prɪz(j)úːm] 動 推定 源 *pre* + *sume* (取) = 「先推測結論」

□ **preliminary**[prɪlímənèəri] 形 初步的，預備的

源 *pre* + *limin* (境界)   *limin*→p.199

□ **prejudice**[prédʒədɪs] 名 偏見

源 *pre* + *judice* (判斷) = 「在認識前就下判斷」

□ **premise**[prémɪs] 名 (主張的) 前提 源 *pre* + *mise* (放置)   *miss*→p.211

□ **preface**[préfəs] 名 序言，前言 源 *pre* + *face* (說)

□ **prescribe**[prɪskráɪb] 動 ①開 (藥) ②囑咐

源 *pre* + *scribe* (寫)

□ **prelude**[préljuːd] 名 ①序曲 ②前兆 源 *pre* + *lude* (= play 演奏)

◇ **preemptive strike**「先制攻擊」

□ **preview**[príːvjùː] 名 (電影的) 試映會 源 *pre* + *view* (看)

□ **premeditated**[primédɪtèɪt] 形 (殺人等) 有預謀的

源 *pre* + *meditate* (思考)

prevent → p.278   **predict** → p.154

●*pro* 空間的意味

□ **propose**[prəpóʊz] 動 提案

源 *pro* + *pose* (放) = 「在 (人) 前出示」 cf. **present**→p.232

□ **protest** 名 [próʊtest] 抗議 動 [prətést] 抗議

源 *pro* (在人前) + *test* (提出證詞)

2

語

源

篇

□ **provoke**[prəvóuk] 動 喚起〈情感〉，激怒

　　源 *pro* + *voke*（呼叫）=「喚起」

□ **protrude**[proutrú:d] 動 突出　源 *pro* + *trude*（突）

□ **prostate**[prásteɪt] 名 前列腺　源 *pro* + *state*（立，有）　　　　　　*sta* → p. 256

　　★因為在膀胱的前面。

● *pro* 時間的意味

□ **prospect**[práspekt] 名 可能性，機會

　　源 *pro* + *spect*（看）　　　　　　　　　　　　　　　　　*spect* → p.254

□ **prolong**[prəlɔ́:ŋ] 動 延長〈時間等〉

　　源 *pro* + *long*（長）

□ **promise**[práməs] 名 動 應允

　　源 *pro* + *mise*（送）=「推遲（行為）」　　　　　　*miss* → p.211

□ **proactive**[prouǽktɪv] 形 主動的

　　源 *pro* + *active*（行動的）

　□ **procrastination**[proukræstənéʃən] 名 延遲，拖延

　　源 *pro* + *crastin*（明天）

　　　project → p.195，**propel** → p.224，**promote** → p.214， **progress** → p.187

專欄　**慢 郎 中 v s . 急 驚 風**

總是把該做的事**一拖再拖的人**就叫做 procrastinator，而最近英語圈也出現了專門用來形容相反類型，也就是總是**在期限前把事情做完的人**的新詞。那就是 **pre**crastinator。由此可看出英文母語使用者非常清楚地區分 pro 和 pre 的差異。

● **「生出，增生」類的單字大多帶有** *pro*

□ **produce**[prəd(j)ú:s] 動 生產，生育

　　源 *pro* + *duce*（拉出）　　　　　　　　　　　　　　　*duce* → p.159

□ **progeny**[prádʒəni] 名 子孫　源 *pro* + *geny*（生）　　　*gen* → p.179

　□ **procreate**[próukrièɪt] 動 生育〈小孩〉　源 *pro* + *create*（生出）　　*cre* → p.145

□**proliferation**[prəlìfəréɪʃən] 名增加，增生

◇**nuclear nonproliferation treaty**「核不擴散條約」(NPT)

□**propagate**[prápəgèɪt] 動使繁殖，傳播〈思想〉

●*pro*「**贊成，肯定的**」=for

□**pro-life**[proʊláɪf] 形（以胎兒的生命優先→）反墮胎的

⇔**pro-choice**（贊成母親的選擇→）支持墮胎

◇**pros and cons**「贊成與反對，優點與缺點」

★con是contra「反對」的縮寫。

□**probiotic**[proʊbaɪátɪk] 名益生菌

源 *pro*（肯定）+ *bio*（（微）生物）

專欄　**probiotic 和 prebiotic**

與殺滅細菌的抗生素（**anti**biotic）相反，probiotic食品則是將細菌視為「益物」，出於藉由攝取有益的細菌來改善健康狀態的想法而發明的產品。例如乳酸菌和納豆菌都屬於益菌。另一個拼法很容易跟**pro**biotic搞混的**pre**biotic則是由pre（以前＝根本的）+ bio（微生物）組成，意指含有寡糖等細菌所需營養素的食品。

●*for (e)* 也有「**前**」的意思 =*pro, pre*

□**forecast**[fɔ́ɚkæst] 名預報 動預測～（≒ **predict**）

源 *fore*（提前）+ *cast*（投）　cf. **project**→p.195

□**foresee**[fɔɚsíː] 動預見〔預知〕

源 *fore*（提前）+ *see*（看）

□**foresight**[fɔ́ɚsàɪt] 名遠見，展望　cf. **prospect**→p.234, 255

□**forehead**[fɔ́ɚhèd] 名額頭

源 *fore*（在前）+ *head*（頭）=「前頭部」

□**forward**[fɔ́ɚwəd] 副①向前方 ②向未來

源 *fore* + *ward*（向～的方向）

□**forerunner**[fɔ́ɚrʌ̀nər] 名先行者，先驅（=**precursor**→p.150），預兆

源 *fore* + *runner*（跑者）

2

語

源

篇

press

按，壓

press 通常是指「壓迫，熨平」等意思。後來由「壓迫」發展出「鎮壓，迫害」等意義。

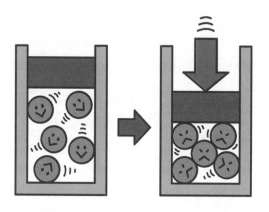

☐ **compress**[kəmprés] 動 壓縮

　源 *com*（一起）＋*press*＝「按在一起」　　*con*→p.141

☐ **compressor**[kəmprésɚ] 名 壓縮器，壓縮機

☐ **depress**[dɪprés] 動 沮喪

　源 *de*（向下）＋*press*＝「往下壓」

☐ **depression**[dɪpréʃən] 名 ①憂鬱狀態　②不景氣

□ **express**[ɪksprés] 動表現
　名快遞 形明確的
　　源 *ex*（向外）+ *press* =「推出」→「表示感情等」
□ **expression**[ɪkspréʃən] 名①表現 ②表情
□ **impress**[ɪmprés]
　動 打動，使留下印象
□ **impression**[ɪmpréʃən] 名印象，感動
　　源 *im*（向上）+ *press*
　　★原意是「蓋印章」→「在心中留下印象」

專欄　**快速列車與 espresso**

express（train）有「快速列車」的意思。據說這原本是指「**明確標示**目的地的列車→直達該站的列車」的意思。另一方面，義式濃縮咖啡的 espresso 語源也跟 express 相同，意思是「用蒸氣**壓縮**的咖啡」，但同時此字也跟快速列車一樣，有著比普通咖啡更快泡好的含意。

□ **repress**[rɪprés] 動壓抑，鎮壓
　　源 *re*（向後）+ *press* =「推回去」
　　★ 將來者推回原處的意象。
□ **suppress**[səprés] 動①鎮壓 ②壓抑〈怒氣等〉
　　源 *sup*（=*sub* 向下）+ *press* =「往下壓」
□ **oppress**[əprés] 動迫害，使不適
　　源 *op*（=*ob* 對）+ *press*

2

語

源

篇

prim, prem, princ

首位的，主要的

這幾個全部源自拉丁語的primus「**首位的**」。由此發展出「**主要的，最重要的**」的意思。prince「王子」的原意是「第一位的人」。primrose「櫻草花」則是「**最早開的玫瑰**」之意。

primate

□**primate**[práɪmət] 名靈長類（＝猿猴）

★意思是「第一的生物」。因為猿猴是動物中最聰明的。

◇**primate city**「首要都市」

★一個國家或地區規模最大的都市。如巴黎、東京等。

word family

□**prime**[práɪm] 形最重要的，最高的
  ◇**prime minister**「首相」
□**premier**[prɪmíə] 名首相
□**primary**[práɪmèəri] 形最重要的，第一的
  ◇**prima donna**「（歌劇團的）首席女歌手」　源*prima+donna*（女）
    ★此字也有「妄自尊大的人」的負面意思。
  □**primeval**[praɪmíːvl] 形原始時代的　cf. **medieval** 中世紀的　　*medi*→p. 207
□**primitive**[prímətɪv] 形原始的
□**principal**[prínsəpl] 形**主要的** 名校長
□**principle**[prínsəpl] 名①準則 ②原理
    ★發音跟principal完全相同，所以連母語使用者也經常搞混。

quir(e), quest, quer

追求，得到

源自拉丁語的quaerere「追求，追尋」。後演變出「獲得」追求之物的意思。*quest*是其過去分詞。request是取其追求，question是取其尋找，acquire是取其得到的涵義。*quer, quisit*的語源也是這個。

☐ **require**[rɪkwáɪɚ] 動 要求，需要

☐ **acquire**[əkwáɪɚ] 動 習得，獲得

　　源 *ac*（＝*ad* 將，使）＋*quire*（得到）

☐ **inquire**[ɪnkwáɪɚ] 動 質問 ＝enquire

☐ **inquiry**[ɪnkwáɪɚri] 名 ①調查，探索（＋into）　②詢問

　☐**inquisitive**[ɪnkwízətɪv] 形 好打聽的

　☐**inquisition**[ìnkwəzíʃən] 名 詢問，調查

☐ **quest**[kwést] 名〈對幸福、知識等的〉追求，探求

☐ **query**[kwíɚri] 名 質問，疑問

☐ **conquer**[káŋkɚ] 動 征服 名 conquest 征服

☐ **prerequisite**[prì:rékwəzɪt] 名 前提〔必要〕條件 形 必要的

　　源 *pre*（提前）＋*requisite*（require 的過去分詞＝被要求）

radi

根

由「**根**」演變為「**根本的**」的意思。蔬菜的蘿蔔（radish）的語源也是此字。

□ **eradicate**[ɪrǽdəkèɪt]

　動 根絕，連根拔起

　　源 e（$= ex$ 向外）$+ radi =$「連根拔起」

□ **radical**[rǽdɪkl] 形 根本的，徹底的，極端的

　　源 「根的」→「連根的」→「徹底的，極端的」。

240

radi(o)

車輪，放射，輻射

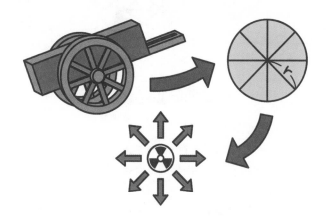

起源是從車輪中心向外輻射的**輻條**radius這個字。由此發展出「**半徑**」，以及光線從中心「**放射**」的概念。在現代則多用於與輻射能有關的單字。數學術語radian「弧度」的語源也是radius。圓面積公式中出現的r，就是radius「半徑」的首字母。

□ **radius** [réɪdiəs] 名 半徑

□ **radial** [réɪdiəl] 形 放射狀的

□ **ray** [réɪ] 名 光線，射線

　　★radius的變形。

□ **radium** [réɪdiəm] 名 鐳

　　源 radi + um（物質）＝「會放出ray的物質」

□ **radiant** [réɪdiənt] 形 容光煥發的，喜氣洋洋的

　　源 radi + ant（現在分詞的字尾）＝「放出（光芒）」

　　例 her radiant smile「她臉上燦爛的微笑」

☐ **radio**[réɪdɪoʊ] 名收音機，無線電

源取其會放出電波的意象。

word family

☐ **radiation**[rèɪdiéɪʃən] 名輻射能，輻射
☐ **radioactive**[rèɪdioʊǽktɪv] 形放射性的，輻射能的
☐ **radioisotope**[rèɪdioʊáɪsətòʊp] 名放射性同位素（如 ^{14}C）

源*radio* + *iso*（相同）+ *tope*（地點）

★在元素週期表上位於相同位置的意思。

☐ **radiator**[réɪdièɪtɚ] 名①暖氣 ②冷卻器，散熱器

源「放出（熱）的東西」

re

向後，相反，再次

return 的 re。原本的意思是「**後面的，反方向的，倒退**」。由此發展出 again「**再**」的意思，同時也常常用於表達「**返還，報酬**」或帶有 against 意義的「**反抗，報復**」的單字（另外，again 和 against 的語源相同）。

● re「**再次，重複**」

只要朝前進方向相反的方向跑，就會再次通過相同的地點。由此衍生出 repeat、revolve 等「**再次，不斷**」的意義。跟中文「折返」的反是相同的 原理。因此很多帶有「**再生，革新，更新**」等「**重新再來一次**」的意涵的單 字都帶有 re 字根。

☐ **remind**[rɪmáɪnd] 動（＋A of B）使A想起B

　　源 re＋mind（心，意識到）＝「使再次意識到」

☐ **reminiscent**[rèmənísṇt] 形 使回想（＋of）

　　★remember、recollect、recall 等等「回想」類的單字大多都有 re。

□ **recover**[rikÁvə] 動 取回〈損失、健康等〉，回復

源 *re*＋*cover*（得到）＝「取回」　★跟 cover「覆蓋」無關。

□ **recuperate**[rɪk(j)úːpərèɪt] 動 取回〈損失、健康等〉，回復

源 同 recover。

□ **resilient**[rɪzíljənt] 形 有彈性的，復原力強的

源 *re*＋*sili*（彈）＝「彈回」

□ **remedy**[rémədi] 名 ①改善法 ②治療法

源 *re*＋*medy*（治療）　★與 medicine「醫學」同語源。

□ **reproduce**[rìːprəd(j)úːs] 動 ①複製〔再生，重現〕②使繁殖

名 **reproduction** 複製

源 *re*＋*produce*（製作）

□ **renovation**[rènəvéɪʃən] 名〈建築物等的〉改裝

★改裝不會説 renewal、reform。

源 *re*＋*nova*（新的）＝「再次更新」　　　　　　　　*nova*→ p. 217

□ **restore**[rɪstɔ́ə|rɪstɔ́ː] 動 使恢復，復原（＝ **repair**）

源 *re*＋*store*（站）＝「重新站起」　　　　　　　　cf. *sta*→p.256

□ **refurbish**[rìːfə́ːbɪʃ] 動〈建築物等的〉改裝

源 *re*＋*furbish*（磨）

□ **reconstruct**[rìːkənstrÁkt] 動 重建〔復興〕

源 *re*＋*construct*（建設）

◇ **renewable energy**「可再生能源」　★如風力、潮汐力、太陽能等。

□ **reboot**[ríːbuːt] 動 重新啟動〈電腦等〉

源 *re*＋*boot*（啟動）

reform → p.174　　**revival** → p.283　　**revolution** → p.284

□ **remove**[rɪmúːv] 動 移除

源 *re*＋*move*（移動）

★將原本搬動到某場所的東西再次搬走就是移除。

□ **replace**[rɪpléɪs] 動 ①（A replace B）A 代替 B，

（replace A with B）　用 A 取代 B

②使回到原本的場所

源 *re*＋*place*（放置）＝「重新放置」

□ **reiterate**[riːítərèɪt] 動 重申

restaurant原本的意思是「使（元）恢復」，語源跟restore相同。直到18世紀的法國有個叫Boulanger的人，在他的店裡販賣名叫restaurant「恢復元氣之物」的湯，這個詞才漸漸變成販賣食物的店面。

●re「逆反」反抗、反駁、反擊、復仇等

☐ **revenge**[rɪvénʤ] 名復仇（=retaliation, retribution）

　　源 re + venge（懲罰）

☐ **retaliate**[rɪtǽlièɪt] 動報復

　　源 re + taliate（徵收）

☐ **retort**[rɪtɔ́ɚt|rɪtɔ́:t] 動（生氣地）回嘴

　　源 re + tort（扭，轉）＝「（將攻擊）轉回去」

☐ **refute**[rɪfjú:t] 動證明～的錯誤，否認

　　源 re + fute（打）

☐ **rebut**[rɪbʌ́t] 動反駁 名**rebuttal** 反論

　　源 re + but（打）

☐ **resist**[rɪzíst] 動反抗

　　源 re + sist（站）　　　　　　　　　　　　　　　　*sist* → p.256

□ **rebel** 名 [rébl] 反叛者 動 [rɪbél] 反叛（＋**against**）
　　源 *re*（背對）＋ *bel*（戰鬥）
□ **react** [riǽkt] 動 反應（＋**to**） 名 **reaction** 反應，反作用
　　源 *re* ＋ *act*（作用）
　　　　　repel → p.224　　**reject** → p.196　　**refuse** → p.178

● *re*「返還」
　□ **reimburse** [rìːɪmbə́ːs] 動 償還〈經費、虧損〉
　　　源 *re* ＋ *im*（在內）＋ *burse*（＝purse 錢包）
　□ **refund** [rɪfʌ́nd] 動 退款
　　　源 *re* ＋ *fund*（注入）
□ **reward** [rɪwɔ́ːd|rɪwɔ́ːd] 名 報酬，謝禮
□ **reciprocal** [rɪsíprəkl] 形 ① 報答 ② 互相的

● *re*「向後，退後」
□ **retire** [rɪtáɪə] 動 引退，退休
　　源 *re* ＋ *tire*（拉）
□ **retreat** [rɪtríːt] 動 撤退，引退
　　源 *re* ＋ *treat*（＝tract 拉）
　　　　recede → p.125

rect

筆直

源自拉丁語的 regere「把線拉直[引導]」。regular 和 rule（→ p.92）這兩個字在古時候都跟 right（→ p.91）同源。

☐ **direct**[dərékt] 形 直接的 動 引導，指示
源 *di*（=*dis* 遠離）＋ *rect*（筆直）＝「筆直面對」
☐ **indirect**[indərékt] 形 間接的
源 *in*（否定）＋ *direct*
☐ **director**[dəréktə] 名 主任，導演
☐ **direction**[dərékʃən] 名 ①方向 ②指示

☐ **correct**[kərékt] 形 正確的
　　動 修正
源 「筆直的」→「正確的，使正直」→「修正」

　★*cor*（=*com*）是強調語氣。　　　　　　*com* → p.141

□**rectify**[réktəfàɪ] 動修正

□**rectum**[réktəm] 名直腸

　　★因為直腸的形狀幾乎是**直線**。

<hr>

word family

□**rectangle**[réktæŋgl] 名長方形

　　源 *rect* + *angle*（角）→「角是直角的四邊形」

□**erect**[ɪrékt] 形直立的 動建立，站立

sect, se(g)

切，分割

源自拉丁語的 secare「**切**」。sex「**性別**（＝男女的**區別**）」的語源也是此字。相當於希臘語的 *tom*（→ p.267）。

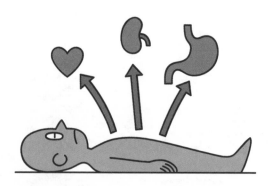

□**dissect**[dɪsékt] 動解剖

　　源 *di*（=*dis* 遠離）+ *sect* =「切開」

dis → p.155

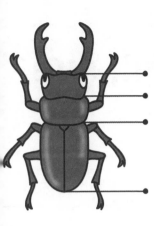

□**section**[sékʃən] 名①部分，(書的)小節 ②斷面

□**bisect**[baɪsékt] 動二等分

源 *bi*(2) + *sect*

□**vivisection**[vìvəsékʃən] 名活體解剖

源 *vivi*(活的) + *sect*

□**insect**[ínsekt] 名昆蟲

源 *in*(中，進入) + *sect* = 「(身體)有節的生物」

★「昆蟲學」的英文是 **entomology**，這個字也是由 *en*

(中)和 *tom*(切)組成之希臘語系的單字。

tom → p.267

□**intersection**[ìntəsékʃən]

名交叉點

源 *inter*(互相) + *sect*

= 「互相切過彼此的道路」

inter→p.191

word family

□**cross-section**[krɔ́(:)s-sékʃən]

名橫截面

□**sector**[séktə]

名(經濟、學問等的)分野

◇**private sector**「民間部門」

□**segment**[séɡmənt] 名 區塊，部分，(水果的)瓣

□**segregate**[séɡrəgèɪt] 動分離〔隔離，區別〕

sequ, secut, sui, sue

跟，追

源自拉丁語的 sequi「跟隨，追，從（＝follow）」。由此發展出「追求〔追究〕」、「接續」、以及「連續〔一組的〕之物，連續」等意義。

● 「連續」

consequence

☐ **consequence**[kάnsəkwèns] 名 結果
　　源 con（一起）＋sequ ＝「接著發生的事」
☐ **sequence**[síːkwəns] 名 系列，順序
☐ **sequel**[síːkwəl] 名 續篇（＋ **to**），話題的後續
☐ **subsequent**[sʌ́bsəkwənt] 形 隨後的
　　源 sub（下一個）＋seque
sub → p.260
☐ **consecutive**[kənsékjətɪv] 形 連貫的
　　源 con（一起）＋secut

□ **suite**[swíːt] 名① 〈飯店的〉甜點　②〈家具的〉組合　③組曲

  源「連續之物」的意思。原本跟 suit 是同一個字。

□ **suit**[súːt] 名西裝(＝「三件一組」等，一整套的服裝)

●「追究」

□ **sue**[súː] 動控告

  源「**追究**人〔事件〕」而來。

□ **lawsuit**[láːsùːt] 名訴訟

□ **prosecute**[prásəkjùːt] 動起訴

  源 *pro*(在前)＋*secut*

□ **pursue**[pəs(j)úː] 動追趕，追求　名 **pursuit** 追蹤

  源 *pur*(=*pro* 向前)＋*sue*＝「追著前進」

□ **sect**[sékt] 名 〈宗教等的〉派別

  源 *sequ* 的變形。有「信奉(某種教義)之人」的意思。

專欄　　迷你裙和襯衫

shirt「襯衫」的祖先是古英語的 scyrte 這個字，而 skirt「裙子」的祖先是古諾斯語（古代的挪威語）的 skyrta（女用襯衫）。兩者的原意都是「短服」，跟 short 具有相同的起源。從這點來看，長裙（long skirt）這個字或許有點自相矛盾呢。

sl

滑，散亂

以 *sl* 開頭的單字中有許多都是狀聲字。像是 slip 和 slide 等**光滑**的意象，除此之外還有很多表現**濕滑、散漫**的詞語。

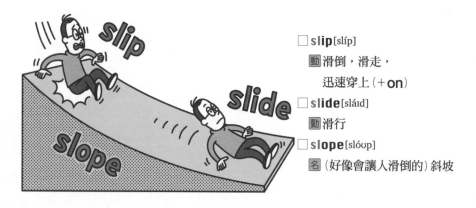

□ **slip**[slíp]
　動 滑倒，滑走，
　　迅速穿上（＋**on**）

□ **slide**[sláɪd]
　動 滑行

□ **slope**[slóʊp]
　名 （好像會讓人滑倒的）斜坡

□ **sleeve**[slíːv] 名 袖子

　源 原意是「滑」。因為穿衣的時候手會迅速滑進袖子。

□ **sleigh**[sléɪ] 名 雪橇（=sled, sledge）

□ **sleek**[slíːk] 形 ①平滑的 ②整潔的

□ **slick**[slík] 形 ①口才好的 ②嫻熟的 ③油滑的

□ **slouch**[sláʊtʃ] 動 垂頭喪氣地走

□ **slacker**[slǽkɚ] 名 懶鬼

□ **sloth**[slɔ́ːθ] 名 樹懶

　★原意是「慢吞吞（slow）的生物」。

□ **sluggish**[slʌ́gɪʃ] 形 遲緩的，懶散的

　★slug 是「蛞蝓」。

□ **slime**[sláɪm] 名 黏液

sn

鼻子

與**鼻子**有關的單字，有許多都帶 *sn*。像是英文的 nose 和日語的「鼻子（hana）」都有 [n] 的音。因為 [n] 是鼻腔發出的音＝「鼻音」，所以這或許也是一種狀聲字。[s] 或許也是鼻息的狀聲。

☐ **sniff** [sníf] 動 嗅（＋**at**）

☐ **snuff** [snʌ́f] 動 聞，用鼻子吸（香氣等） 名 鼻菸

☐ **snuffle** [snʌ́fl] 動 吸鼻子

☐ **sneeze** [sníːz] 動 打噴嚏

☐ **snore** [snɔ́ɚ|snɔ́ː] 動 打鼾

☐ **sneer** [sníɚ] 動 哼笑，嘲笑

☐ **snarl** [snɑ́ɚl|snɑ́ːl] 動 （狗類等）齜牙低吼

☐ **snort** [snɔ́ɚt|snɔ́ːt] 動 噴鼻息（表示輕蔑、憤怒）

☐ **snivel** [snívl] 動 抽噎

☐ **snot** [snɑ́t] 名 鼻涕　★不雅的説法。

☐ **snout** [snáut] 名 〈豬等動物的〉鼻子

spect, spic, spis

看

源自拉丁語的spectare「看」。後由視覺上的意義發展出**期待**和**預想**（＝觀看未來）等比喻性意義單字。跟中文的「望」字從「看望」的意思發展出「希望」一詞很像。spy「間諜」也同樣是這個字根的變形，意思是「看望者」。

□ **expect**[ɪkspékt]

動 預期，期待

源 *ex*（外）＋（s）*pect* ★期待有什麼會到來而看著外面的意象。

□ **expectant**[ɪkspéktn̩t]

形 ①期待的 ②懷孕的

★②是「預期小孩子會誕生」的意思。

□ **inspect**[ɪnspékt] 動 檢查

源 *in*（對裡面）＋*spect*

□ **inspector**[ɪnspéktə] 名 ①檢查員 ②督察員

★相當於中隊長再上去的階級。

□ **introspection**[ɪntrəspékʃən]

名 自省

源 *intro*（內側）＋*spect*

★深刻自我反省。

254

□ **pro**s**pect**[práspekt]

　名 可能性，機會

　　源 *pro*（前＝未來）＋*spect*

□ **spec**u**late**[spékjəlèɪt]

　動 ①臆測，推測 ②投機

　　源 原意是「仔細觀察」。

prospect

now　　　　future

───────── word family ─────────

□ **spec**ies[spíːʃi(ː)z] 名 種

　　源 「外觀，特徵」→「具有相同特徵的生物」

□ **spec**i**fic**[spɪsífɪk] 形 明確的，具體的

　　源 「特徵明顯的」的意思。

□ **spec**ial[spéʃl] 形 特別的

　　源 原意是「有特徵的，顯眼的」。

□ **spec**i**men**[spésəmən] 名 範本，標本

　　源 「（種族的）特徵明顯之物」

2

語

源

篇

───────── word family ─────────

□ **spy**[spáɪ] 名 間諜 動 監視，偵蒐

□ **a**s**pect**[ǽspekt] 名 ①〈事象的〉層面，方面 ②外觀

　　源 *a*（＝*ad* 對）＋*spect*＝「對事物的看法」

□ **re**s**pect**[rɪspékt] 名 ①敬意 ②〈事物的〉方面，細節 動 尊敬

　　源 *re*（＝back, again）＋*spect*＝「看顧，重新審視」

□ **spec**t**ator**[spékteɪtɚ] 名 觀眾

□ **spec**t**acle**[spéktəkl] 名 ①（**spectacles**）眼鏡 ②壯觀的場面

□ **des**pi**se**[dɪspáɪz] 動 蔑視，厭惡 形 **despicable** 可憎的

　　源 *de*（向下）＋*spise*＝「俯視」

　　★look down on A 只是單純指「低頭看 A」，但 despise 則有明顯輕蔑和厭惡的態度。

□ **spec**t**rum**[spéktrəm] 名 ①光譜 ②多樣性（＝**variety**）

　　源 原意是「看得見的東西，幽靈」。

□ **spec**t**er**[spéktɚ] 名 幽靈

sta, sist, stitute

立，使站立，停

源自拉丁語 stare「**站著**」的 sta。stand、stay 的語源也是此字。與「**立場，狀態，穩定，持續**」等有關的單字都源自於此。sist 也是「**站立**」的意思，而 *stitute* 的基本意義是「**使站立，放置**」。

● *sta*

☐ **stable**[stéɪbl] 形 安定的，穩定的
　　源 *sta* + *able*（可能）=「可站立的」
☐ **stability**[stəbíləti] 名 安定
☐ **stabilize**[stéɪbəlàɪz] 動 穩定性
☐ **establish**[ɪstǽblɪʃ] 動 使穩定
　　源「使 stable，使站立」的意思。
☐ **stationary**[stéɪʃənèɪri]
　　形 停止的，不變化的
☐ **homeostasis**[hòumiəstéɪsɪs]
　　名 內環境穩定，體內動態平衡
　　源 *homeo*（相同）+ *stasis*（靜止）

□ **status**[stéɪtəs] 名 社會地位，狀態

源 「立場」的意思。

□ **stature**[stǽtʃɚ] 名 身高　★ 因身高要站著才能量。

□ **statue**[stǽtʃuː] 名 立像

◇ **the Statue of Liberty**「自由女神像」

□ **state**[stéɪt] 名 ①狀態　②國家

源 「立場，存在方式」的意思。status 的變形。

◇ **state-of-the-art**　「〈技術〉最尖端的」

源 原意是「the（現在的）art（技術）的狀態」。

□ **static**[stǽtɪk] 形 靜止的，不動的

★state 名 ①的形容詞　⇔dynamic

□ **stance**[stǽns] 名 態度，意見，〈運動的〉姿態

源 「站立方式」的意思。

□ **distance**[dístəns] 名 距離

動 從～遠離

◇ **social-distancing**

「保持社交距離」

□ **substance**[sʌ́bstəns] 名 物質

源 *sub*（在下）+ *stance*=

「在萬物之下（＝潛在的）的物體」

□ **stage**[stéɪdʒ] 名 ①舞台　②階段

源 「（演員們）站立的場所」。

□ **reinstate**[rìːɪnstéɪt] 動 使復歸〈原職等〉，使回歸

源 *re*（再）+ *in*（之中）+ *state*（使站立）

□ **estate**[ɪstéɪt] 名 ①（某人的）全財產　②土地

★state 的變形

源 「（人所處的）狀態」→「財產」

● *sist*

□ **assist** [əsíst] 動 幫助

　　源 *as*（=*ad* 在旁）+ *sist*（站立）

　　　cf. 與 **stand by A** 「幫助 A」的意象相同。

□ **resist** [rɪzíst] 動 抵抗，反抗

　　源 *re*（=back 逆反，違逆）+ *sist*　　　*re* → p.243

　　　cf. **fight back** 「抵抗」

□ **insist** [ɪnsíst] 動（+ **on A**）強烈要求〔主張〕A，堅持

　　源 *in*（=on）+ *sist* =「持續站在某論點」

□ **persist** [pəsíst] 動（+ **in A**）頑固地持續做 A，持續

　　源 *per*（一直）+ *sist* =「持續站立」

□ **consist** [kənsíst] 動（+ **of A**）由 A 構成

　　源 *con*（一起）+ *sist*（有）

● *stitute* 「使站立，放置」

□ **constitute** [kánstət(j)ùːt] 動 構成

　　源 *con*（一起）+ *stitute*（放置）

　　　★與 compose 的邏輯相同。　　→ p.229

　□ **prostitute** [prástɪt(j)ùːt] 名 妓女

　　源 *pro*（前）+ *stitute*（使站立）=「在大眾面前賣」

◇ **substitute A for B** 「以 A 代替 B」

◇ **A substitute for B** 「A 代替 B」

　　源 *sub*（代替）+ *stitute*（放置）　　　　　　　*sub* → p.260

□ **institution** [ìnstɪt(j)úːʃən] 名 組織，機構　動 **institute** 設置〈制度等〉

　　源 「被立起之物」的意思。

專欄　巴基斯坦的意思

中亞的國家如巴基斯坦（Paki**stan**）、阿富汗（Afghani**stan**）、哈薩克（Kazakh**stan**）等，他們的英文中都有「stan」，不知道你有沒有發現呢？這是因為 stan 有「場所，地點」的意思，而 *stan* 的語源就是來自 *sta*「站立，存在」。

str

綁

源自拉丁語的 stringere「**緊縛**」。後發展出比喻性的表現，如「**限制，嚴格**」和「**緊張，壓力**」類的詞彙。中文的「取締」和「（法令）鬆綁」等說法也是類似的概念。

□ **strict**[stríkt] 形（規則等）嚴格的
★原意是「緊緊綑綁的」。

□ **stringent**[stríndʒənt]
形（規則等）非常嚴格

□ **astringent**[əstríndʒənt]
形 ①收緊（皮膚） ②尖酸刻薄的

□ **distress**[dıstrés] 名 ①苦惱，貧困 ②遇難
源 dis（強調語氣）＋ stress（strict 的變形）
★stress 就是這個字拿掉 dis。

word family

□ **strangle**[stræŋgl] 動 絞殺

□ **restrict**[rıstríkt] 動 限制 名 抑制

□ **constrict**[kənstríkt] 動 壓緊，使收縮
★有一種會絞殺獵物的蟒蛇就叫 boa constrictor。

□ **strain**[stréın] 名 重壓，緊張 動 給予壓力，用力拉緊

□ **constrain**[kənstréın] 動 限制，約束
源 con（一起）＋ strain（綁）→「束縛」

□ **restrain**[rıstréın] 動 抑制

□ **stricture**[stríktʃɚ] 名 指責，非難

sub

下，次，接著，代替

sub 是「**下（under）**」的意思。後由此發展出「**次的，接近**」的意義（部長的**下面**是課長，所以課長的地位**次於**部長）。另外也延伸出「**被支配，從屬，輔助**」之意（課長在部長的支配下）。同時也有居下位者「**代理**」上位者的意思。此外還從「**下面的單位**」衍生出「**分割**」的意思。會隨後面接的拼音而變化為 *su, suc, suf, sug, sum, sup* 等型態。

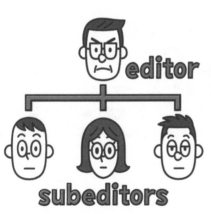

□ **subeditor**[sʌ́bédətə] 名 副編輯

□ **subcontractor**[sʌ̀bkántræktə]
　　名 轉包商
　　源 *sub* + *contractor*（簽約者）
　　　　　　　　　contract → p.268

□ **subordinate**[səbɔ́ədənet]
　　形 從屬的，居下位的
　　源 *sub* + *ordinate*（被放置的）

□ **subset**[sʌ́bsèt]
　　名 子集合（數學術語）

□ **subgroup**[sʌ́bgrùːp]
　　名 子集團（集團內的小集團）
　　　★類似的單字尚且還有 subclass「子分類」，
　　　subcategory「子類別」。

□ **suburbs**[sʌ́bɚːb] 名郊區

源 *sub*（近）＋ *urb*（都市）cf. urban 形都市的

□ **subtropical**[sʌbtrɑ́pɪkl] 形亞熱帶的

源 *sub*（近）＋ *tropical*（熱帶的）

□ **subconscious**[sʌbkɑ́nʃəs] 形潛意識的

□ **submerge**[səbmɚ́ːdʒ] 動（使）潛入水中

源 *sub* ＋ *merge*（塞入）

□ **subatomic**[sʌ̀bətɑ́mɪk] 形比原子更小的

□ **subdue**[səbd(j)úː] 動鎮壓，控制〈感情〉

□ **subside**[səbsáɪd] 動①平息 ②下沉

源 *sub* ＋ *side*（坐）＝sit down

□ **subscribe**[səbskráɪb] 動①訂閱，預約 ②認購

源 *sub* ＋ *scribe*（寫）

★原意是「在合約的下方簽名」。

□ **subhuman**[sʌbhjúːmən] 形①比人類差的 ②（環境等）不適合人類的

□ **subzero**[səbzíɚrou] 形冰點下的

□ **submarine**[sʌ́bmərìːn] 名潛水艇

源 *sub* ＋ *marine*（海）

□ **subculture**[sʌ́bkʌ̀ltʃɚ] 名次文化

★少數派的文化（集團）。

sustain → p.262, subterranean → p.266, subliminal → p.200, subject → p.97, succeed → p.126, suppress → p.237

專欄　**地 鐵 與 地 下 道**

我第一次去英國的時候，有一次為了搭地鐵而進入一個寫著SUBWAY的入口走到地下，結果走著走著卻又回到了地上，讓我不禁滿頭問號。後來才知道原來在英國subway是地下道（＝美國的underpass）的意思，而地下鐵則叫underground或tube。

2

語

源

篇

tain, ten

維持，保持，支撐（hold）

源自拉丁語的tenere「**保持**」。可表示「**抓，保持（hold）**」或「**維持，持續（keep）**」等意義。

□ **sustain**[səstéɪn] 動維持，支持

　源 *sus*（下）＋*tain*＝「從下方支撐」

□ **sustainable**[səstéɪnəbl] 形（不會破壞環境）可持續的

◇**Sustainable Development Goals**「永續發展目標」

　★簡稱SDGs。

□ **maintain**[meɪntéɪn] 動①維持，保養　②主張

　源 *main*（手）＋*tain*＝「用手支撐」　　　*main*→p.205

□ **maintenance**[méɪntənəns] 名維護，保養，整備

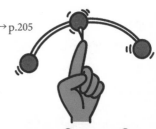

maintain

contain

□ **contain**[kəntéɪn]
　動①（A contain B）B在A裡面
　　②壓抑〈感情〉，抑制〈傳染病、災害等〉
　源 *con*（共同）＋*tain*
　　＝「（把內容物）放在容器裡保存」
□ **content**[kántent] 名 內容物，內容，書的目錄
□ **content**[kəntént] 形 滿足的（=**contented**）
　源 contain 的變化形。意思是「內心被填滿」。

□ **abstain**[æbstéɪn] 動 避免，節制（＋**from**）
　　源 *abs*（遠離）＋*tain*＝「保持遠離的狀態」
□ **retain**[rɪtéɪn] 動 保持〈力量〉，保有〈記憶等〉
　　源 *re*（=back）＋*tain*＝（將變化）持續押回
□ **detain**[dɪtéɪn] 動 拘留〈人〉，使留下
　　源 *de*（遠離）＋*tain*
□ **obtain**[əbtéɪn] 動（付出努力）取得〈情報等〉
□ **tenant**[ténənt] 名〈房屋等的〉租戶，持有者
　□ **tenable**[ténəbl] 形①〈學說等〉經得起批判的
　②〈職位等〉可保持一段時間的
　　源 *ten*＋*able*（可以）＝「可以保持」
□ **tenure**[ténjə] 名 保有權，（教員的）終身在職權
　□ **tenacious**[tənéɪʃəs] 形 難纏的，頑固的
　　★「**死抓**不放」的意象。
　□ **tenet**[ténət] 名 信條，宗旨
　　源「〈人所〉**抱持**的想法」的意思。
□ **continue**[kəntínjuː] 動 使繼續
　　源 *con*（共同）＋*tinue*（*tain* 的變形）＝「保持（不間斷）」→「使繼續」
□ **continent**[kántənənt] 名 大陸
　　源 原意為「（一直）延伸的大地」。與 continue 同源。 **entertain**→p.54

tend, tens

伸,展,朝

先由「**伸展,伸長**」變為「**拉緊**」,接著再發展為「**朝向**」的意思。tent「帳篷」的語源也是此字,也就是「展開之物」的意思。tension「緊張」也是伸展拉緊的狀態。

◇**tend to V**「有做V的傾向」

源 「向V(行為)的方向伸展」→「傾向做V」

□**contend** [kənténd] 動 爭奪,競爭,論爭

源 con(一起)+tend=「互拉」

★「爭執」類的單字如combat、conflict、contest、compete,大多都帶com或con。

com → p.141

☐ **extend**[ɪksténd] 動 展開，擴張 名 **extension** 擴張

源 *ex*（在外）+ *tend*

例 These habits can extend life.「這些習慣可以延年益壽。」

word family

☐ **attend**[əténd] 動 ①出席，前去 ②注意（＋**to**）

源 *at*（＝*ad* 對）+ *tend* → ①「朝向（某地點）」 ②「投以關注」

☐ **intend**[ɪnténd] 動 意圖，打算做 **V**（＋**to V**）

源 *in*（之中）+ *tend* → 原意是「試圖用手去抓」。

☐ **tense**[téns] 形〈繩索等〉拉緊的，〈狀況等〉緊張的

☐ **intense**[ɪnténs] 形 強烈的〈熱、慾望、疼痛等〉

☐ **intensive**[ɪnténsɪv] 形 集中的〈治療、訓練、研究等〉，激烈的

☐ **tendon**[téndən] 名 腱

例 Achilles tendon「阿基里斯腱」

源 原意是「被拉緊之物」。

terr(a)

地球，土地

源自於拉丁語terra「土，土地，地球」。terra-cotta「赤陶」就是terra
（土）＋cotta（被燒的），意指不上釉直接燒的陶器。terrarossa「鈣紅
土」則是義大利語的「紅色的土」。terraforming「地球化」則是指將行星
改造成如地球般宜居的環境。

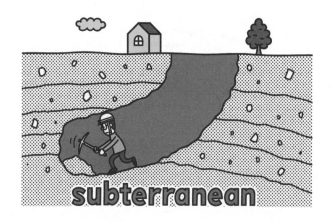

□**subterranean**[sÀbtərémiən] 形地下的（**underground**）
　　源*sub*（下）＋*terranean*（地面的）　　　　　　　　　　　*sub*→p.260
□**terrestrial**[təréstriəl] 形①（生物）陸生的 ②地（球）上的
□**extraterrestrial**[èkstrətəréstriəl] 形地球外的，外星的 名外星人（**=ET**）
　　源*extra*（外）＋*terrestrial*　　　　　　　　　　　　　　*extra*→p.163
□**terrain**[tərém] 名地形，地帶
□**territory**[térətɔ̀ri] 名領土，地盤
□**terrarium**[təréəriəm] 名陸棲動物飼養箱
　　Mediterranean→p.208

tom

切，分割

跟 *sequ*（→ p.250）的意思相同，但 *tom* 是希臘語。CT scan（電腦斷層掃描）的 CT 是 computerized **tomography** 的縮寫，tomography 便是 *tom*（切）＋*graphy*（記錄）組成的單字。

atom

□ **atom** [ǽtəm] 名 原子

源 *a*（否定）＋*tom* ＝「無法再切割的」

★a- 是希臘語的否定字首。

cf. asymmetry 名 非對稱　apathy → p.219

□ **dichotomy** [daɪkátəmi] 名 二分法，對立

源 *dicho*（2）＋*tomy*

□ **anatomy** [ənǽtəmi]

　名 ①解剖學　②身體構造

源 *ana*（完全地）＋*tomy* ＝「切成很多塊」

word family

-（*ec*）*tomy* 是「切除，切開」的意思，是很重要的醫學術語。*ec* 則是 *ex*（＝put）的意思。

□ **hysterectomy** [hìstəréktəmi] 名 子宮切除

源 *hyster*（子宮）＋*ectomy*

□ **mastectomy** [mæstéktəmi] 名 乳房切除

源 *master*（乳房）＋*ectomy*

　entomology → p.249

2

語

源

篇

267

tract

拉

源自拉丁語的trahere「拉」。如tractor「拖拉機」。

□**attract**[ətrǽkt]

 動 吸引

源 *at*（=*ad*向）+ *tract*

□**traction**[trǽkʃən]

 名 ①牽引（力） ②流行，好評

例 gain traction「人氣火爆」

★輪胎掐進地面，一口氣提升牽引力的意象。

□**contract**[kəntrǽkt] 動 ①簽約 ②

〈將單字和單字〉結合並縮短

源 *con*（一起）+ *tract*＝「互相吸引」 *com*→p.141

★①和②都是兩個東西互相拉著對方靠近的意象。

□ **abstract**[ǽbstrækt] 形抽象的

源 *abs*（遠離）+ *tract*

＝「將對象一部分的性質抽離」

★只把女性的特徵從真實的女性（左）身上**抽出來**後形成右邊的符號。「抽」這個字也有「拉」的意思。

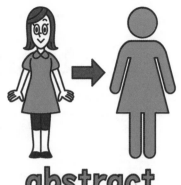

abstract

□ **retract**[rɪtrǽkt] 動撤銷，撤回〈發言〉

源 *re*（向後）+ *tract*

word family

□ **distract**[dɪstrǽkt] 動使分心

例 distract attention from the scandal「將群眾的注意力從醜聞轉移」

源 *dis*（遠離）+ *tract*＝「抽離」

□ **subtract**[səbtrǽkt] 動減〈數字〉

例 subtract 3 from 10「10−3」

源 *sub*（分）+ *tract*

sub → p. 260

□ **extract**[ɪkstrǽkt] 動①抽出 ②引用

名①摘錄 ②精華，提取物

源 *ex*（向外）+ *tract*

trans, tra

轉移，超越

trans 是表示移動、超越的字首。相當於over、through、across「**移動、越過、通過、橫越、到相反側**」的意思，此外抽象化後也可以表示「**變化**」之意。*tra* 是 *trans* 的變形。

☐ **transplant**[trænsplǽnt]

動名 移植〈器官〉，移植〈植物〉

源 *trans*（移動）＋ *plant*（栽種）

◇**organ transplant**「器官移植」

☐ **transfer**[trænsfɚː] 動 ①轉乘 ②（使）調動

源 *trans* ＋ *fer*（搬運，移動）

□ **trance**[træns|trɑ́:ns] 名 昏睡狀態，迷幻音樂

　源 trans的變形。意識跑到其他世界去的意象。

(word family)

□ **transport**動 [trænspɔ́ət] 運送 名 [trǽnspɔət] 運輸（系統）

　源 *trans* + *port*（運）

□ **translate**[trænslét] 動 翻譯（+ **into**）

　源 *trans* + *late*（運）

□ **transit**[trǽnsət] 名①（美國）運輸系統 ②轉乘

　源 *trans* + *it*（去）

□ **transition**[trænzíʃən] 名 轉變，過渡期

　★與 transit 同源。

□ **transient**[trǽnʃənt] 形 瞬間的，一時的

　源 *trans* + *ient*（去）

　★與 transit 同源。

□ **transcend**[trænsénd] 動 超出〈界限等〉，超越

　源 *trans* + *cend*（上升）cf. **ascemd** 動 上升

□ **transparent**[trænspǽərənt] 形 透明的

　源 *trans*（通過）+ *parent*（=appear）=「可看透的」

□ **transgender**[trænsdʒéndə] 形 跨性別的

　★「具有超越社會定義之〔相反的〕性別的性別意識」之意。

　源 *trans*（超越，相反的）+ *gender*（性別） gender→p.180

□ **transsexual**[trænssékʃuəl] 形 具有與生理性別不同的性別意識

　源 *trans*（相反的）+ *sexual*

□ **transvestite**[trænsvéstaɪt] 名 穿異性服裝的人

　源 *trans*（相反的）+ *vestite*（穿衣服）

　★與 vest「無袖內衣」同源。

□ **betray**[bɪtréɪ] 動背叛

　　源 原意是「出賣到對面（＝敵方）」。

□ **traitor**[tréɪtɚ] 名叛徒

　　源 原意是「出賣者」。

□ **treason**[tríːzn̩] 名叛國

　　源 *trea* ＝ *tra* 的變形。原意是「出賣」。

□ **transcript**[trǽnskrɪpt] 名抄寫（別人的發言）

　　源 *trans*（轉移）＋ *script*（書寫物）

□ **traverse**[trəvə́ːs] 動橫越，穿越

　　源 *tra* ＋ *verse*（朝）　　　　　　　　　　　　　*vers* → p.280

　　　transmit → p.212, **transfusion** → p.178, **transform** → p.174, **trajectory** → p.196

専欄　　**德古拉與凡尼西亞家族**

羅馬尼亞的外凡尼西亞（**Trans**ylvania）是大名鼎鼎的吸血鬼德古拉之故鄉，意思是 *trans*（對面）＋ *sylva*（森林）＋ *nia*（國家）＝「森林**另一邊的**國家」的意思。順帶一提，凡尼西亞家族（Sylvanian Families）則是「森（silva）之國的家族」之意。另外 Sylvia 和 Silvia 這兩個女性名字則是「森林的妖精」之意。

tri

3

tri 就是英文的 three。這個字不但是法語 trois 的語源，也是「3」的意思。
trio「三合一」、triple「三重」等字的語源也是此字。而海神波賽頓的三叉
戟則叫 trident，是由 *tri*（3）+ *dent*（牙齒）組成的。

triceratops

- ☐ **triceratops**[traɪséərətὰps] 名 三角龍
    - 源 *tri*（3）+ *cerat*（角）+ *ops*（臉）
    - cf. keratin「角質」。
- ☐ **triangle**[tráɪæ̀ŋgl] 名 三角形
    - 源 *tri* + *angle*（角）
- ☐ **trigonometry**[trìɡənάmətri] 名 三角函數
    - 源 *tri* + *gon*（角）+ *metry*（測量）
- ☐ **triathlon**[traɪǽθlɑn] 名 鐵人三項
    - 源 *tri* + *athlon*（競技）
    - ★biathlon 是「冬季二項」，decathlon 則是十項競技。另外 athlete 則是指做 athlon 之人的意思。
- ☐ **tricycle**[tráɪsɪkl] 名 三輪車 cf. **bicycle** 二輪車, **monocycle** 單輪車
    - 源 *tri* + *cycle*（輪）
- ☐ **triad**[tráɪæd] 名 三合會，三人組，三和弦
- ☐ **trinity**[trínəti] 名 三位一體
- ☐ **trilogy**[tríləʤi] 名 三部曲 源 *tri* + *logy*（故事）
- ☐ **tricolor**[tráɪkʌ̀lə] 形 三色的 名（法國的）三色旗
- ☐ **trilobite**[tráɪləbàɪt] 名 三葉蟲 源 *tri* + *lob*（= *lobe* 鼓起，葉子）
- ☐ **Tripoli**[trípəli] 名 的黎波里（利比亞的首都）
    - 源 *tri* + *poli*（=polis 都市） ★因為此都市是由三座城市組成的。

表示數字的語根

數字	拉丁語系	例	希臘語系	例
1	*uni, sim*	uniform, similar	*mono*	monotone, monopoly
2	*du, dou, bi, bis*	duet, double, bicycle	*di*	dioxide, dichotomy
3	*tri*	trio, triple, triangle	*tri*	trilogy
4	*quadr, quart*	quadruple, quarter	*tetra*	tetrapod
5	*quint, quin(que)*	quintet	*penta*	pentagon
6	*sex*	sextet	*hexa*	hexagon
10	*deci*	decimal,	*deca*	decade, decathlon
100	*centi*	centipede, centigrade	*hecto*	hectopascal
1000	*milli*	millennium	*kilo*	kilogram

專欄　**檢疫和40**

新冠病毒大流行時，英語新聞上開始大量出現quarantine「檢疫，隔離」這個單字。這個字的語源是quaranta，在義大利語中是「40」的意思。其由來是古代為了確定從疾病流行的國家過來的船隻上的水手有無染疫，會要求船員必須在港口外隔離40天（guaranta giorni）。而這個措施最早源自14世紀的威尼斯。

turb

攪，旋轉

turb 原本是「攪」的意思，後衍生出「旋轉，轉動」的意象。turbine「渦輪」和turbo（＝turbocharger）「渦輪增壓器」也都是會不斷旋轉的裝置。

□ **disturb**[dɪstˈɚːb]

動 攪亂，使混亂，打擾

源 *dis*（完全地）＋ *turb*

★飯店房間門上常常會看到掛著 DO NOT DISTURB「請勿打擾」的牌子。

□ **perturbation**[pɚˌtɚːbéɪʃən]

名 不安，動搖 ②變動

源 *per*（完全）＋ *turb*

□ **turbid**[tˈɚːbɪd] 形 混濁的〈水質等〉

源 原意是「被攪亂的」。與 trouble 同源。

□ **turbine**[tˈɚːbaɪn] 名 葉輪，渦輪

源 原意是「旋轉之物」。

□ **turbocharger**[tˈɚːboutʃàɚdʒɚ]

名 渦輪增壓器

★旋轉 turbine 將空氣送入引擎的裝置。

charge → p.37

源 *turbine* ＋ *charge*（推進）

□ **turbulence**[tˈɚːbjələns] 名 ①亂流 ②社會的動亂，騷亂

★ "There is turbulence ahead." 「前方有亂流」，是飛機上常常能聽到的廣播。

vac, va, void

空的

不需要上班的「空檔」期就叫 vacation。「空的」空間則叫 vacuum「真空」。

vacant

- [ ] **vacant**[véɪkənt] 形 空的，有空位的
  - ★ empty 是物理上的空，而 vacant 則是「沒有被使用、占用」的意思。即使房間暫時屬於 empty 的狀態，只要該房間有人居住或預約，就不算是 vacant。

word family

- [ ] **evacuate**[ɪvǽkjuèɪt] 動 使避難，從〈場所〉將人們撤出
  - 源 e (= ex 在外) + vac =「把人從某場所趕出清空」
- [ ] **vacuum**[vǽkjuːm] 名 真空，空白
  - ◇**vacuum cleaner**「吸塵器」　★在內部創造真空來吸起垃圾。
- [ ] **vanish**[vǽnɪʃ] 動 消失
- [ ] **vacate**[véɪkeɪt] 動 空出，騰出
- [ ] **vain**[véɪn] 形 ①徒勞的 ②虛榮的　名 **vanity** ①自負 ②虛榮
  - 源 「無價值，不伴隨實力的傲慢」的意思。
- [ ] **void**[vɔɪd] 名 虛空　形 欠缺，空的 (=empty)
- [ ] **devoid**[dɪvɔɪd] 形 (+**of**~) 缺乏~的
  - 源 de (遠離) + void =「被取走」
- [ ] **devastate**[dévəstèɪt] 動 使〈土地等〉荒廢，破壞
  - 形 **devastated** ①深受打擊的 ②荒廢的
  - 源 de (完全地) + vast (=va 空的，荒廢的) =「抹除一切」

uari

變化，不同於

源自variare「**變化，不同於**」。多樣化（**variety**）和差異（**variation**）都是常見的成員。

variety

☐ **uary**[véəri] 動 變化（成多樣的狀態），不同於

☐ **uaried**[véərɪd] 形 多樣的

☐ **uarious**[véərɪəs] 形 多樣的

☐ **uariety**[vəráɪəti] 名 ①多樣性 ②變種

　◇**a uariety of A**「各種各樣的A」

☐ **uariation**[vèərɪéɪʃən] 名 ①變動 ②變種 ③變奏曲

　☐ **uariegated**[véərɪəgèɪtɪd] 形 ①（植物）色彩斑斕的，有斑點的 ②多種多樣的

　☐ **uariance**[véərɪəns] 名 ①意見不一致 ②差異，變化量

　☐ **uariant**[véərɪənt] 名 異於普通之物，變形

☐ **uariable**[véərɪəbl] 形 易變的，可變的 名 變數

☐ **inuariably**[ɪnvéərɪəbli] 副 總是（**always**），不變

vent, ven

來

源自拉丁語的venire「來」。event是e（＝ex向外）＋vent（來）＝「出來」的意思，跟日語的「出来事（事件）」有著完全相同的意象。

□ **intervene**[ìntəvíːn]
　動 介入〔干涉，仲裁〕，插入（對話）
源 *inter*（之間）＋ *vene*　　　　　　　　　*inter*→ p.191
□ **intervention**[ìntəvénʃən]
　名 介入〔干涉，仲裁〕

□ **prevent**[prɪvént] 動 妨礙，預防
　源 *pre*（在前）＋ *vent*　★擋在**人前**阻止其通過的意象。　　　*pre*→ p.232
□ **prevention**[prɪvénʃən] 名 預防（方法），妨礙

□ **venue**[vénju:] 名 (活動的) 舉辦地

　源 「(人們) 前來的地點」的意思。

□ **avenue**[ǽvən(j)ù:] 名 大道

　源 *a*(=*ad*往)＋*ven*＝「往～的道路」

□ **revenue**[révən(j)ù:] 名 〈國家、組織的〉　⇔expenditure

　源 *re*(=back)＋*ven*＝「回來的錢」

　□ **convene**[kənvíːn] 動 召集〈會議、人〉，召開〈會議〉

　源 *con*(=together)＋*ven*＝「一起來」　　　　　　*con*→p.141

□ **convention**[kənvénʃən] 名 ①集會，大會 ②習俗

□ **convenient**[kənvíːnjənt] 形 方便的

　源 與convene相同。

　★兩個東西**一起來**的話更方便。

□ **advent**[ǽdvent] 名 (不得了的東西) 出現

　例 the advent of theInternet「網際網路的出現」

　源 *ad*(向)＋*vent*＝「原意為(耶穌基督)降臨。

□ **adventure**[ədvéntʃə] 名 冒險

　源 *ad*(向)＋*vent*＝「原意為(偶然)前來之物。

□ **event**[ɪvént] 名 事件

　源 *e*(=*ex* 出)＋*vent*=「出來」=「發生的事」

□ **souvenir**[sùːvəníə] 名 (旅行等的) 紀念品

　源 *sou*(從下)＋*ven*=「令人回憶起之物」

　　circumvent→p.136

2

語

源

篇

vers, vert

改變方向，轉 (turn)

與turn一樣由「轉變方向」的意思延伸出「偏離道路」、「迴轉」、「變化」等意義。

□ **divert**[dəvə́ːt] 動 改變路線，(使) 轉移〈注意力等〉

　　源 *di*(遠離)＋*vert*＝「改變方向遠離」

　　★只有一個人朝跟其他人不同的方向前進的意象。

□ **diversion**[dəvə́ːʒən] 名 轉移注意力的事物，使人分心的事物

　　★也有「散心」的意思。divertimento「嬉遊曲」也是同語源的義大利語。

□ **diverse**[dəvə́ːs] 形 多元的

　　★divert的衍生字。

□ **diversity**[dəvə́ːsəti] 名 多樣性

　□ **biodiversity**[baɪoʊdaivə́ːsəti]

　　名 生物多樣性　★ 1985年發明的詞。

　□ **diversify**[dɪvə́ːsəfàɪ]

　　動 使多樣化，使多元化

　　　源 *diverse*＋*fy*（=make）　*fy*→ p.167

□ **version**[və́ːʒən] 名 版本，說法

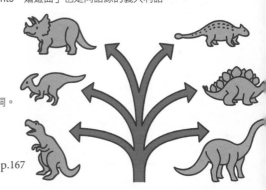

- [ ] **vertigo**[vɚ́ːtɪɡòu] 名暈眩

    ★眼睛**轉圈圈**

- [ ] **reverse**[rɪvɚ́ːs] 動倒轉〈表裡／左右／順序等〉 形反的 名反面

- [ ] **inverse**[ìnvɚ́ːs] 形〈位置／方向〉顛倒的

  ◇**inverse proportion**「反比」

- [ ] **conversely**[kənvɚ́ːsli] 副相反地

- [ ] **convert**[kənvɚ́ːt] 動轉換（+**into**）

    源 *con*（一起）+ *vert*

- [ ] **advertisement**[ædvɚtáɪzmənt] 名廣告

    源 *ad*（對）+ *vert*＝「吸引人注意力的東西」

- [ ] **aversion**[əvɚ́ːʒən] 名反感

    源 *a*（遠離）+ *vers* ★這個 *a*- 是由 *ab* 變化而來。

- [ ] **introvert**[ìntrəvɚ́ːt] 形內向的

    源 *intro*（向內）+ *vert*

- [ ] **extrovert**[ékstrəvɚ̀ːt] 形外向的

    源 *extro*（向外）+ *vert*

- [ ] **subversive**[səbvɚ́ːsɪv] 形〈對政府等〉有顛覆性的

    源 *sub*（從下）+ *vers*（轉）→「翻轉」

- [ ] **perverse**[pɚvɚ́ːs] 形變態的，扭曲的

    源 *per*（完全）+ *verse*＝「脫離正常的」

- [ ] **pervert**[pɚ́ːvɚ̀ːt] 名變態

    源 *per*（=away）+ *vert*＝「脫離正常的人」

2

語

源

篇

專欄　**宇宙和大學**

你是不是也曾想過為什麼 universe「宇宙」university「大學」這兩個字長得這麼像呢？universe 的原意是 *uni*（一）+ *verse*（=turn），也就是 turned into one「**合而為一的東西**」。也就是說宇宙是萬事萬物結合而成。university 的語源也相同，意思是「（學生和教授們）合而為一的東西」。

vis, vid

看得見，看

源自拉丁語的videre「**看，看得見**」。vis是其過去分詞。**view**「眺望」和法語déjàvu「既視感（déjà已經+vu看過的）」的語源也是此字。

supervise

□ **supervise**[súːpəvàɪz]
　動 監視，監督
　源 super（從上）+ vise（看）
　★一般在美國，常常會把經常監視小孩子的父母稱為helicopter parent。

□ **survey** 名[sə́veɪ] 調查，問卷
　動 [səvéɪ] ①審視 ②調查
　源 sur（從上）+ vey（看）　★vid 的變形。

□ **visible**[vízəbl] 形可看見的　⇔invisible不可見
　★「隱形人」是invisible man　源 vis + ible（=able 可能）

□ **visual**[víʒuəl] 形視覺的

□ **vision**[víʒən] 名①勢力 ②幻象 ③遠見

□ **revise**[rɪváɪz] 動①修正〈思想等〉 ②修訂
　源 re（再）+ vise =「重新看過」

□ **evident**[évədn̩t] 形明白的
　源 e（=ex 外，完全地）+ vid =「從外面看得一清二楚」

□ **evidence**[évədn̩s] 名證據　★evident的名詞形。

□ **vista**[vístə] 名（美麗的）風景，展望　★義大利語。

282

viv, vita

活

「源自 vivire「**活**」和 vita（＝life **生命**，**人生**）。Vivian 這個女性名字，原本是「**有活力的**」的意思。而 Viva～！則是由「願～活得長久！（＝Long live～！）」演變為「萬歲」的意思。vitamin 則是維生需要的物質。

□ **survival**[səváɪvl] 名 生存 動 **survive**

　　源 *sur*（跨越）＋ *vival*（活著）

□ **revival**[rɪváɪvl] 名 復活 動 **revive** 　 源 *re*（再）＋ *vive*

□ **vivid**[vívɪd] 形 栩栩如生的（記憶、繪畫、顏色等）

　　源 原意是「富有生氣的」

□ **vivarium**[vaɪvéəriəm] 名 小動物飼養箱

□ **convivial**[kənvívɪəl] 形 歡樂的，友好的（**sociable**）

　　源 *con*（一起）＋ *viv*＝「與人活動」

□ **vita**[váɪtə] 名 履歷書（=curriculum vitae）　★ 原意是「人生」。

□ **vital**[váɪtl] 形 ①不可少的 ②攸關性命的 ③有活力的

□ **vivace**[vɪváːtʃeɪ] 副 活潑地，活潑（音樂用語）　**vivisection**→p.249

volve, volu

旋轉

「**旋轉，倒轉**」的意思。

□ **involve**[ɪnválv] 動包含，使參與

源 *in*（向內）＋ *volve*

★捲入漩渦內的意象。

◇ **be involved in A** 「與A有關」

□ **revolution**[rèvəl(j)ú:ʃən] 名①革命 ②旋轉，公轉

★意思是「掀翻社會般的大變革」。

源 *re*（＝again）＋ *volve*

□ **revolve**[rɪválv] 動旋轉

□ **revolver**[rɪválvə] 名左輪手槍

□ **revolt**[rɪvóult] 動反叛，造反

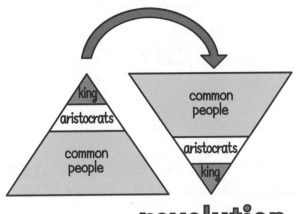

revolution

word family

☐ **volume**[váljəm] 名①體積，大小 ②（書物的）卷數，書

　　源 「卷物」→「書」→「書的大小」

☐ **evolution**[èvlú:ʃən] 名進化，發展，展開　動 **evolve**

　　源 *e*（=*ex* 向外）+ *volu* =「攤開卷軸」→「展開」

☐ **convoluted**[kánvəlù:təd] 形盤繞的，複雜的

　　源 *con*（一起）+ *volu* =「許多東西捲在一起」

專欄　汽車公司和浮游生物

瑞典汽車製造商 **Volvo** 的語源也是「旋轉」的意思。據説這是因為 Volvo 的創始人本來想開的是一家生產軸承的公司。另一方面浮游生物的團藻（**volvox**）的語源也是此字。這是因為這種浮游生物游泳時會一直**旋轉**。

ᴡr

扭

以 *wr* 起始的單字大多有「**扭轉，扭曲**」的意象。如 wrong 的原意是「**扭曲的**」，後來才演變為「**錯誤的**」的意思。另一方面 right「正確的」的原意則是「**筆直的**」（right→p.91）。

wrinkle
wring
wrist

□**ᴡring**[ríŋ] 動 擰，絞，扭

□**ᴡrinkle**[ríŋkl] 名 皺紋

　　★因扭曲皮膚會形成皺紋。

□**ᴡrist**[ríst] 名 手腕

　　源 「可扭轉的關節」的意思。

□**ᴡrench**[réntʃ] 動 猛扭，剝離 名 扳手

□**ᴡrithe**[ráɪð] 動 扭身

□**ᴡriggle**[rígl] 動 扭動，蠕動

□**ᴡry**[ráɪ] 形 ①歪斜的 ②諷刺的

結語

用 word tree

來

玩遊戲吧！

ergonomics

synergy

sympathy

genome

symbiosis

pathogen

biomass

psychopath

genealogy

massive

psychometry

metronome

　　最後教大家玩一個利用語源來背單字的遊戲。這個遊戲非常
適合用來強化知識的連結。

①首先，決定起點的單字

　　這裡我們先隨便選一個字，譬如 sympathy。

②思考這個字的字根（語源零件）有哪些。

這個字是由 sym（＝ syn）＋ pathy 組成的。

③思考哪些單字擁有同樣的字根，把聯想到的字一一寫在周
圍。

例如帶 syn 的單字有 synergy 和 symbiosis，帶 pathy 的單字有
pathogen 和 psychopath，把它們全部寫下來。接著**將字根相**
同的單字用線連起來。然後，繼續往下思考有哪些單字和
synergy 一樣有 ergy 字根。譬如我們想到 ergonomics。然後帶
有 symbiosis 的 bio 字根的字則有 biomass……請像這樣一一把
腦中想到的字加上去，試著讓整張圖**像樹枝一樣不斷成長下**
去。

　　雖然這遊戲自己單獨玩也很好玩，但如果你身邊有願意嘗試
這種偏門遊戲的朋友，也可以當成拼字遊戲一樣，兩、三個人一
起比賽。

　　我自己是把這個遊戲取名為 word tree，不過也許早已有人比
我更早想到這遊戲，取了其他的名字。

P.S. 本書中應該有很多大家以前從來沒見過的插圖和圖表。

它們並非是我自己隨便想隨便畫的,而是與native speaker花了超過一百小時的時間討論,才慢慢在腦中浮現,或是突然靈光一閃,並將這些想法視覺化,給英文母語人士看過並修正後才誕生的。

要讓總是無意識地在使用英文單字的他們,有意識地去形象化這些單字的意義,有時候非常困難,但這個過程也讓我得到很多新發現,是一件非常有趣的工作。我在執筆本書的時候參考了很多書籍和字典,其中最常用到的則是OED(Oxford English Dictionary)和The Chambers Dictionary of Etymology這兩本字典。

希望本書能幫助大家輕鬆地、快樂地、並充滿好奇心地理解英文單字。

最後我想藉此機會,感謝在本書編撰過程中提供了諸多幫助的人們。

本書是在距今約兩年前左右,受明日香出版社的藤田知子小姐之邀而開始執筆的。我想對陪我一同度過從執筆到完稿這段漫長時間的藤田小姐,表達最深的謝意。還有本書的核心功臣,為本書繪製了大量精美插圖的河南好美老師,真的非常感謝您。然後是耐心地回答了我關於英文單字的意義、用法、和意象方面的各種瑣碎問題,長時間陪我討論的阪南大學・GABA講師Andrej Krasnansky老師,以及同為GABA講師的Lindsey Schilz老師、Paul Setter老師、Richard Jacobs老師;以及幫忙仔細校閱多義詞、基本詞例句,提供許多寶貴建議的大學時代恩師,前大阪大

學教授 Stephen Boyd 老師，真的非常感謝你們。

I really appreciate you guys' help!

2020 年 9 月   刀祢雅彦

國家圖書館出版品預行編目 (CIP) 資料

輕鬆學&忘不了!告別死記硬背：圖解英文
字彙/刀祢雅彦著；河南好美繪；陳識中
譯. -- 初版. -- 臺北市：臺灣東販股份有限
公司, 2021.07
300面；14.7×21公分
ISBN 978-626-304-687-0(平裝)

1.英語 2.詞彙

805.12   110008951

**MARUANKI NASHI DE
MINITSUKU MIRU EITANGO**
© MASAHIKO TONE 2020
© YOSHIMI KANNAN 2020
Originally published in Japan in 2020
by ASUKA PUBLISHING INC., TOKYO.
Traditional Chinese translation rights
arranged with ASUKA PUBLISHING INC.
TOKYO, through TOHAN CORPORATION, TOKYO.

輕鬆學&忘不了！告別死記硬背

圖解英文字彙

2021年7月1日初版第一刷發行

作　　　者	刀祢雅彦
繪　　　者	河南好美
譯　　　者	陳識中
編　　　輯	魏紫庭
美術編輯	黃郁琇
發 行 人	南部裕
發 行 所	台灣東販股份有限公司
	＜地址＞台北市南京東路4段130號2F-1
	＜電話＞(02)2577-8878
	＜傳真＞(02)2577-8896
	＜網址＞http://www.tohan.com.tw
郵撥帳號	1405049-4
法律顧問	蕭雄淋律師
總 經 銷	聯合發行股份有限公司
	＜電話＞(02)2917-8022

TOHAN